Kadokawa Fantastic Novels
阿克西斯教團VS.艾莉絲教團
為美好的世界獻上祝福！8

阿克婭
「我要求今年取消艾莉絲祭，改辦阿克婭祭！」

克莉絲
和真
惠惠
達克妮絲
「我當然無法幫忙喔，
現在正忙著做代理領主的工作。」
「我無所謂啊。
反正我又不是艾莉絲教徒。」

埃癸斯
喂，她的水準也太高了吧，好想抱緊處理啊！
那位大姊看起來就很好抱，好想對她抱緊處理啊！
維茲

中間那美女是怎樣！
我從來沒見過那種類型的耶！
那已經超越小惡魔的範疇，
根本就是
真正的惡魔女孩了吧！
讚耶讚耶，
太讚了吧！
臉蛋漂亮身材惹火，
而且還是貴族千金！
夢魔？

終有一天，希望這裡能夠變成一個

我不再需要盡善職責的和平世界……

為美好的世界獻上祝福！

阿克西斯教團VS.艾莉絲教團

CONTENTS

為美好的世界獻上祝福！8

阿克西斯教團 VS.
艾莉絲教團

暁 なつめ
illustration 三嶋くろね

Kadokawa Fantastic Novels

Character
達克妮絲
年齡 18歲
職業 十字騎士
在遭受怪物的攻擊之中得到快感，是專司防禦的女騎士。同時也是大貴族達斯堤尼斯家的千金大小姐。專長是妄想。
阿克婭
年齡 年齡不詳
職業 大祭司
指引英年早逝者的女神。與和真一起以討伐魔王為目標。喜歡的東西是酒，專長是宴會才藝。
惠惠
年齡 14歲
職業 大法師
紅魔族當中首屈一指的天才魔法師。深受「爆裂魔法」的魅力吸引，只會用這招，也只肯用這招。喜歡的東西是爆裂魔法。專長是爆裂魔法。興趣也是爆裂魔法。
維茲
年齡 20歲
職業 店老闆
巴尼爾
年齡 年齡不詳
職業 大惡魔兼店員
和真
年齡 16歲
職業 冒險者
拖著阿克婭來到異世界，無論是生前還是在異世界都是個繭居族的冒險者。已經放棄討伐魔王這個任務了。
克莉絲
年齡 15歲？
職業 盜賊
艾莉絲
年齡 年齡不詳
職業 女神

序章

就連學校的校慶也沒怎麼參加的我，沒想到居然會在異世界幫忙舉辦祭典。

平常連存在本身都受人懼怕的阿克西斯教徒們，也像借來的貓一樣乖巧。

由此可見，他們為這次祭典付出了多少心力。

看著眼前的光景，我不禁感嘆。

到處燃著篝火的異世界祭典，充滿了奇幻色彩。

在如此夢幻的祭典上，卻充斥著在日本理所當然，在異世界卻顯得格格不入的光景。

也就是令我懷念的日本攤商。

異世界的居民們各自擺出各式各樣的攤位，可以看得出大家都是打從心底享受著祭典的樂趣。

即使這是在一年之中僅僅為期數日的祭典。

但在這段期間，無論是獸人、精靈，還是矮人。

或者是不死怪物、惡魔，甚至女神。

「和真先生，和真先生。我覺得，能夠舉辦這次祭典真是太棒了。」

開心地看著祭典的阿克婭，忽然轉過頭來看著我。

「謝謝你幫阿克西斯教團的忙。」

以如此夢幻的祭典為背景，阿克婭露出天真無邪的笑容，對我說出難得坦率的話。

第一章

願這隻龍族得到榮耀！

1

雖然是我自己造成的，不過到底該如何收拾這個狀況才好呢？

這裡是位於阿克塞爾邊陲的一間小小的咖啡廳。

然後現在——

在我眼前的是帶著笑臉卻僵住不動的克莉絲……不對。

「您在這種地方做什麼呀，艾莉絲女神？」

是被我識破真實身分的艾莉絲女神。

——在我華麗地救出差點為了抵債而嫁人的達克妮絲之後，阿克塞爾的領主阿爾達普卻在隔天突然神祕失蹤。

就像是算好了時機似的，之前一直不見天日的非法行為的證據不知為何接連冒了出來，阿爾達普的惡行也因此曝光。

結果，阿爾達普的所有財產都遭到沒收，全部交給即將治理這個城鎮的下一任領主。

繼任的阿克塞爾領主是達克妮絲的老爸。

因此，我幫達克妮絲代墊的債款以及其他款項……比方說在保護城鎮免受魔王軍幹部貝爾迪亞攻擊時導致城鎮損壞的修理費、抵擋機動要塞毀滅者的蹂躪時破壞了領主宅邸的修理費等等，諸如此類的款項都會隨之以特例還給我。

之前和達克妮絲相親過的阿爾達普之子巴爾特，由於並未參與阿爾達普幹的壞事，因此不予追究，今後也將輔佐達克妮絲的老爸。

由於達克妮絲的老爸的身體狀況還沒完全恢復，所以由她以代理領主的身分暫代職務。不過擔任如此重責大任的任性大小姐似乎不喜歡我幫她取的新綽號，目前還窩在自家宅邸裡，足不出戶。

剛才，我正在向回到阿克塞爾來的克莉絲說明目前這些狀況，然而……

「──我不是艾莉絲女神，是克莉絲女神啦。」

我無意間想到克莉絲和艾莉絲可能是同一個人，便不經意地套她的話，結果克莉絲就帶著僵硬的笑容，說出這種莫名其妙的話來了。

我對這樣的克莉絲……不，是艾莉絲說：

「不不不，我從以前就一直有點介意。艾莉絲女神變成這個模樣的時候，只有在稱呼身為前輩的阿克婭時會加小姐對吧？分明妳對達克妮絲和惠惠都是直呼名諱。」

「…………我可是會把偷來的錢捐給教會，信仰心洋溢，清新又正直的義賊呢。所以在稱呼身為大祭司的阿克婭小姐時才無法直呼名諱。」

眼神飄忽的艾莉絲像是想搪塞過去，一邊抓著臉頰上的傷疤，一邊說出這種牽強的理由。

「艾莉絲女神在傷腦筋的時候有個小動作，就是會像這樣抓臉頰。」

聽我這麼說，她以手指抓著臉頰的動作便停了下來。

「我再問一次。說真的，您在這種地方幹嘛啊？」

我再次如此詢問沉默不語的艾莉絲。

「……呵呵，真不愧是佐藤和真先生。不，應該說這樣才算得上是我的助手老弟啊。」

突然站了起來的艾莉絲，簡直像是罪行被名偵探揭穿的犯人似的，做足覺悟演起小劇場來。

「沒錯，如你所料。有的時候是冒險者，有的時候是義賊的頭領，有的時候是達克妮絲的朋友之一……然而，我的真實身分是……！」

「其實您還滿愛演的嘛，艾莉絲女神。」

「……和真先生倒是出乎意料的冷靜呢……既然露餡了也沒辦法。現在，我就告訴你一切吧——」

說完，艾莉絲坐回原位，言行和之前變得截然不同，一臉正經地對我訴說。

那種認真的表情已經不是我所知道的頭目，而是在這個世界受到崇拜，最多人信仰的女神艾莉絲。

面對這樣的艾莉絲……

「話說回來，我萬萬沒想到頭目就是艾莉絲女神啊，個性和遣詞用字都完全不一樣。啊，我得先道歉才行。對不起，第一次見面的時候就偷走艾莉絲女神的內褲。」

「……」

我完全沒在管這樣正經的氣氛，為第一次見面的時候闖的禍道歉。

艾莉絲露出一臉欲言又止的複雜表情，嘴角不停囁嚅卻什麼都沒說出口。

「仔細回想，其實還有很多其他的提示呢。之前，我要去攻略基爾的地城那次，請頭目教我盜賊技能的時候，您告訴我『以前很照顧我的前輩硬是塞了一個大難題給我，所以突然變忙了』對吧？」

現在回想起來，我也知道她突然變忙的理由是什麼了。

「那是因為阿克婭硬是讓被冬將軍殺掉的我復活之後，妳為了收拾善後才會變忙對吧？……啊，我還有一件事要道歉。艾莉絲女神潛入我們家豪宅那次，我在抓住您的時候一再對您上下其手，真是非常抱歉……」

「沒關係！那種事情不重要！應該說，你不要再回想那些事情了啦！」

臉頰微微泛紅的艾莉絲用力拍打桌子，打斷了我的發言。

接著她輕輕嘆了一口氣，觀察了一下四周，然後輕聲對我說：

「在我以這個樣貌出現的時候，請別叫我艾莉絲女神喔，和真先生……不，助手老弟。說話方式也是，別用那麼生疏的敬語，像之前一樣隨便就好。請把我當成克莉絲對待。」

「……既然克莉絲都這麼說了，我是無所謂。那麼，我可以問妳幾個問題嗎？妳特地下凡來是要幹嘛啊？為什麼妳一個女神會當盜賊啊？應該說，哪一個才是妳真正的說話方式和個性啊？」

「等、等一下，你未免一次問太多問題了吧！」

克莉絲再次環顧四周，然後清了清喉嚨，收斂起表情。

「那麼，我來正式回答你的問題……我之所以下凡來到處活動，理由之一應該是尋找神器吧。」

神器。

那是在女神送人們來到這個世界的時候賜予他們的，蘊含強大力量的外掛級道具。

回收失去持有者的神器，再次授予即將來到這個世界的人。

這似乎是她下凡活動的主要原因。

「原來如此，所以才選擇方便回收神器的盜賊職業啊。話說回來，妳還真是認真工作呢，和另外那個每天吃飽睡的女神就是不一樣……不過妳說是理由之一，所以還有其他理由嗎？」

聽我這麼問，克莉絲嚴肅的表情稍微緩和了一點。

「大概是和某個許願想要同伴的貴族千金交朋友吧……」

說完，她害臊地輕輕笑了一下，抓了抓臉頰上的傷疤。

這麼說來，之前達克妮絲的老爸說過。

成為冒險者之後，達克妮絲每天都會去艾莉絲教的教堂許願，希望能夠結識冒險同伴。

然後，聽說她就是某天在從教堂回家的路上遇見克莉絲的。

「……該怎麼說呢，艾莉絲女神真的是女神呢。」

「就說別再叫我艾莉絲女神了！……也、也沒有啦，和達克妮絲一起冒險也讓我很開心。關於我的真實身分，是我們兩個之間的祕密喔！尤其是達克妮絲，千萬別讓她知道！」

克莉絲害臊地抓了抓臉頰，轉過頭去這麼說。

或許是因為知道這個外表之下其實是艾莉絲了吧，她的每個小動作看起來都莫名可愛。

這就是所謂的女神加成嗎？

不過要引導死者，又要尋找神器，還要跟自己的信徒交朋友……真是太勤於工作了。

真想叫那個在我死掉的時候還一邊吃著零食的另一個女神跟她學學。

「那麼，關於最後一個問題，哪一個才是我真正的說話方式和個性……」

克莉絲露出像是準備惡作劇的挑釁表情說：

「克莉絲和艾莉絲，你喜歡哪一個啊？」

「兩個都喜歡。」

「咦……是、是喔……這、這樣啊。沒想到你會毫不猶豫地如此斷定。我還以為你是在說類似告白的台詞時會遲疑的那種人呢。」

眼神游移的克莉絲把玩起桌上的鹽罐，又開又關，動作十分可疑。

「不，我又不覺得這是在告白，純粹只是說出自己的喜好啊……男孩子氣的頭目和治癒系的艾莉絲女神。該怎麼說呢，兩個都很難割捨吧……啊！妳只要一天當克莉絲，一天當艾莉絲，那不就等於是和兩個人一起交往了嗎！一個女友兩種享受的感覺！不愧是艾莉絲女神，可以一個人搞出後宮真是太強了，請務必和我交往……」

「太差勁了，真是太差勁了！你這個人果然差勁透了！還有，不准叫我艾莉絲女神！」

接住克莉絲丟過來的鹽罐，我對這樣的互動有種安心感。

也不知道是為什麼，知道對方是艾莉絲之後，我就可以輕易說出喜歡、和我交往等等這類的字眼。

因為對方是受人崇拜，高攀不起的女神艾莉絲嗎？

還是因為她是和我一起搞盜賊團這種蠢事，感覺就像朋友一樣的克莉絲？

我不知道理由是哪一個，不過這種奇妙的關係讓我感到非常心曠神怡。

「唉……真是的，揭露我一直隱瞞的真實身分原本應該是難得的熱烈場面，都被你搞砸了啦……」

「我心裡已經只有不祥的預感了，不過妳該不會是又想叫我陪妳去找神器吧？」

對於表現出戒心的我，克莉絲咧嘴一笑。

「不愧是助手老弟，一點就通！你聽我說喔，我現在想回收的神器叫作聖鎧埃癸斯。那原本是和聖盾伊吉斯一組的神器，不過這次只有找到鎧甲……」

「我不想聽我不想聽，我已經不想再以身犯險了！該怎麼說呢，我最近和惠惠相處得很不錯，達克妮絲好像也對我有意思！有了一大筆錢也不需要工作了，我只想就這樣和她們打情罵俏，過著頹廢的生活！」

「你這個傢伙剛才明明還說想和我交往的，現在居然說出這種話來！吶，這件事我只能拜託你耶！啊，可惡，不准摀住耳朵，你不聽從頭目的命令了嗎！」

克莉絲用力搖晃著摀住耳朵趴在桌上的我，如此大吼大叫。

三三兩兩的客人和店員的視線，都聚集在吵鬧的我們身上。

或許是察覺到大家的視線了，不久之後克莉絲就安靜了下來。

我以為她終於放棄了，於是慢慢抬起頭來……

「佐藤和真先生，拜託你……能不能請你為這個世界貢獻一份心力呢……？」

只見艾莉絲女神……不，是帶著艾莉絲那副憂國憂民的表情的克莉絲，擺出有如祈禱的姿勢凝視著我。

……這招太奸詐了啦，艾莉絲女神。

2

——如此這般地接受了克莉絲的委託之後，過了一段時間的某天。

在我的豪宅的大廳裡。

「諸君。人類是懂得對話的種族。與吾詳談吧。」

雙手遭到強大的咒縛繩索綑綁，被迫跪坐在大廳中央的巴尼爾這麼說。

而阿克婭以及維茲分別蹲在他的左右兩邊，皺著眉頭，從再靠近幾公分就會貼上去的極近距離，盯著巴尼爾的臉一直看。

之前一直窩在自家宅邸，最近終於肯出門的達克妮絲則是板著臉，雙手抱胸，直挺挺地站在巴尼爾面前。

被阿爾達普硬是逼著結婚的達克妮絲也平安回來，之前的錢也都還給我了。

所以，站在我的立場，這件事已經有了一個圓滿的結局，但是……

「在那次騷動當中獲利最多的就是你了吧～～能夠以便宜的價格買下和真的各種商品真是太好了呢……我可是聽說了喔！你高價轉賣從和真手上買到的智慧財產權，賺了一大筆是吧？比起這種拐彎抹角的方法，你應該知道更簡單的解決方式對吧？還不快點從實招來。」

小心翼翼地抱著她命名為爵爾帝的雞蛋，阿克婭這麼說。

「巴尼爾先生，你怎麼可以瞞著我做出這種事情來呢？你便宜買下和真先生的智慧財產權，然後又喊價賣掉了嗎？真是不敢相信……！啊啊，這下該怎麼辦才好！放在保險箱裡的那筆鉅款，居然是占了和真先生的便宜騙來的錢……！就算我想還，錢也已經……！」

維茲掩面對我道歉，一副非常歉疚的樣子。

看她嘴裡唸著「我們店裡的巴尼爾先生對不起你，真是對不起」，並不停道歉的模樣，反而讓我覺得有點過意不去……

「喂，女流氓和米蟲老闆啊，冷靜一點。沒錯，要其他的解決方式確實是有……不……過……？……不對，等等，天災老闆，汝剛才說了什麼？放在保險箱裡的那筆錢怎麼了？這次的金額多到汝想用完都沒那麼容易才是啊。」

安撫著阿克婭和維茲的巴尼爾停下原本的動作。

原本低頭掩面的維茲猛然抬起頭來，一臉興高采烈地說：

「那筆錢啊！你應該好好誇獎我喔，巴尼爾先生。其實是這樣的，在我顧店的時候，一位常客帶了大量瑪納礦石結晶過來。他說願意用行情價的一半賣給我，所以我就用保險箱裡的錢盡可能買下來了！這次我真的買到好東西了！根據我的鑑定，從那股魔力看來肯定是最高純度的瑪納礦石！」

瑪納礦石這種東西，是能夠依據結晶的品質取代一次對應魔力消耗的道具。

原本就相當昂貴，而且還是消耗性道具。

所以，在這個多半都是新進冒險者的城鎮，那種最高品質的瑪納礦石當然沒有需求可言。

見巴尼爾聽了這件事之後一臉茫然，害我有點同情他。

對於這樣的巴尼爾，我也不經意地問道：

「哎，我是不覺得你有在背後動了那麼多手腳，不過姑且還是問一下。據阿克婭表示，達克妮絲的老爸是中了惡魔的詛咒……然後，這個鎮上也只有你一個惡魔了吧？」

沒錯，這正是大家現在懷疑巴尼爾的理由，然而……

「哼哈哈哈哈，吾怎麼可能施加那種可能致人於死地的詛咒呢！施加那個詛咒的，是一個言行舉止奇特，以腦袋壞掉而聞名的大惡魔。」

「那不就是你嗎！」

聽巴尼爾這麼說，阿克婭和維茲用力抓住他的雙肩，而父親因為這次的事件而中了詛咒的達克妮絲則是默默向前站出一步。

「慢著，汝等是說吾這個紳士符合『言行舉止怪異的壞掉的惡魔』這個描述嗎？好吧，來把話說清楚吧！吾在這次的事件當中確實是做出拐彎抹角的事情來了，吾可以承認。吾承認是因為想吃到那個領主對於新娘在眼前遭人奪走時散發出來的負面情感，才試著讓事情的發展變成這樣。但是，汝等聽吾解釋。尤其是那個從方才便一直對吾怒目相視，在這次的事件之後對那個男人更有意思，因此在豪宅裡穿的衣服變得更為輕薄的女孩……」

「哇啊啊啊啊啊啊殺父仇人——！」

「混、混帳，不准動面具！不准動不動就想折斷吾之面具！而且汝的父親明明就還活著不是嗎！」

達克妮絲突然撲向被維茲和阿克婭壓制住的巴尼爾，想要用力折斷他的面具的時候——惠惠用力拉了拉觀望著這一幕的我的衣服說：

「和真，看來幕後黑手確定就是巴尼爾，而且我也想到鎮外去一日一爆裂了。和真不介意的話，也陪我一起去好嗎？」

「也好。他們短時間內大概會鬧得沒完沒了，我陪妳去好了。等我們回來的時候，他們應該也差不多冷靜下來了吧。」

說完，我姑且穿上基本裝備，和惠惠一起出門去了。

3

「——我還沒向和真好好道謝呢。」

離開鎮上好一陣子之後，我們走在前往多屬岩地的山間地帶的路上。

走在我身邊的惠惠，忽然冒出這麼一句話。

「道謝？我做過什麼需要讓妳道謝的事情嗎……啊，我去向被妳惹哭的小朋友的父母道歉那件事嗎？那沒什麼好謝的啦。不過，妳以後不要再因為小朋友取笑妳的名字，就弄哭他們了喔。」

「不是啦，才不是因為那種雞毛蒜皮的小事！而且關於那件事我一點錯也沒有，是瞧不起紅魔族的名字的那個小朋友不對！」

就在惠惠亢奮地如此大喊的時候，我們來到了爆裂地點。

我們最近幾乎每天都來的這個地方，對惠惠來說似乎是個好地方。

我一點也不想知道這是有關什麼的好地方，但總之這裡到處都是大石塊。

比起隨便亂發爆裂魔法，不如選個大石塊來炸還比較可以滿足破壞欲之類的，反正大概是這麼回事吧。

要是在路上遇到怪物，也可以叫她轟下去順便賺取經驗值，不過這種時候偏偏不會有怪物出現。

「我是因為和真救了達克妮絲，才想向你道謝的。」

在山腳下找到適合的大石塊之後，惠惠走了過去，一邊以拍打的方式確認石塊的狀況，一邊看也不看我地這麼說。

看來她找到今天的目標了。

「原來是這種事情啊。達克妮絲欠了我那麼多人情，哪能讓她隨便脫隊啊。再說，我也不是第一天幫妳們收拾善後了，事到如今也沒什麼好道謝了吧。」

我一面聳肩，一面以輕浮的口吻對開始遠離大石塊的惠惠這麼說。

聽我這樣講，惠惠輕輕笑了一下。

「就算是這樣也一樣。之前在紅魔之里的時候我也說過……」

然後她背對著我，對著大石塊舉起法杖。

「雖然老是怨言一堆，但最後總是會幫助大家。我好像還是喜歡這樣的你。」

接著隨口就說出這麼一句話……

「……喂，我說真的，可以不要像在閒話家常一樣隨口說出那種話來嗎？我都不知道該不該當真了。妳之前也是這樣，不要動不動就說喜歡我啦，會害我誤會耶。這到底是怎樣？我可以當成是真心的告白嗎？」

我盡可能佯裝平靜，以免她察覺到我內心的動搖。

「這個嘛，你說呢？你覺得是怎樣就怎樣嘍。」

背對著我的惠惠這麼說完，咯咯笑了起來。

……這個傢伙是說真的嗎？

還是她又在捉弄我了？

不，等一下，好好思考啊，佐藤和真。

惠惠從以前就不時對我發出「我對你有好感喔」的氣場。

而現在，雖然不知道她為什麼再次迷上我，不過我可以想得到的原因就只有救了達克妮絲這件事而已。

說起來有點老王賣瓜，不過那時候的我好像確實很帥。

嗯，簡直就像是戀愛小說裡面的主角會做的事情。

即使在救了達克妮絲之後，當天晚上我還把棉被蓋到頭上，一邊發抖一邊心想我幹了大逆不道的事情要是被處死的話該怎麼辦，不過現在回想起來我還真是個英雄。

……而且說穿了，從我跟大家住在同一個屋簷下到現在也已經相處很長一段時間了。

就算差不多有人對我萌生戀愛情愫也不足為奇，不如說我明明過著被女人圍繞的生活，至今卻都沒有發生後宮劇情才奇怪。

說吧。快說啊，佐藤和真。勝算那麼大，沒什麼好怕的！

即使遭到拒絕，惠惠也不會和我保持距離！……應該不會才對……！

應、應該不會吧？

好，我要上了，沒問題的拿出勇氣來！

我從今天開始就是現充了！

「那個……惠惠的心意讓我很開心。該怎麼說呢，我也不討厭惠惠……」

『Explosion——————！』

4

「你從剛才開始就是這副德性，究竟是怎麼了？到底在鬧什麼彆扭啊？」

被我揹在背上，說著這種遲鈍系主角般的台詞的惠惠，從剛才開始就在我後面囉嗦。

反正惠惠在我的心目中什麼也不是，就算回應的機會被搞砸了也不會對我造成任何麻煩。

沒錯，就算長相有點可愛，這個傢伙還是一年到頭都把爆裂掛在嘴邊的怪人。

差點就被氣氛牽著鼻子走了，我才不會上當呢！

「和真，你在我發出爆裂魔法的那個瞬間說了什麼啊？因為爆炸聲響很大，我沒有聽清楚，可是你感覺很像是要說什麼重要的事情耶。」

「什麼也沒有！反正惠惠在我心目中什麼也不是！」

「幹嘛說這種傲嬌台詞鬧彆扭啊。你也差不多該氣夠了吧，不然回到豪宅之後，我把事先買好的布丁多分一個給你就是了。」

「……多給我兩個我就原諒妳。」

惠惠一邊這麼說，我的手已經放在豪宅大門的門把上了。

然後，我直接打開大門。

「不能給你兩個啦。扣掉阿克婭和達克妮絲的份之後只剩下一個了，多給你兩個會有人吃不到……」

說到一半，惠惠頓時語塞。

……當然，我也是。

走進豪宅之後，我們看見……

「還給我啦————！還給我！把我可愛的爵爾帝還給我————！哇啊啊啊啊啊啊！還給我啦————！」

「哼哈哈哈哈哈哈！活該ＮＴＲ（被睡走）女神，汝的寶貝寵物……哼哈……啊啊可惡，混、混帳！不准跟過來，該死的鳥類，回到飼主身邊去吧！」

阿克婭一邊哭一邊用力拍打巴尼爾的背。

……還有維茲和達克妮絲翻著白眼躺在地毯上。

應該說，維茲都已經開始變透明，快要消失了。

然後最重要的，大概是阿克婭正在大哭的原因吧。

在被阿克婭用力拍打的巴尼爾的腳邊……

「啾。」

毫無疑問的，有一隻小雞。

那隻小雞像是在磨蹭巴尼爾似的，緊緊貼在他的腳邊。

「——所以，事情到底是怎麼搞成這樣的？」

我把背上的惠惠放在沙發上之後，叫阿克婭和巴尼爾跪坐在地，要求他們說明。

我不知道事情的經過，但是既然維茲差點消失，達克妮絲也翻了白眼，就表示他們兩個肯定做了些什麼。

阿克婭的攻擊無法擊倒達克妮絲，巴尼爾的攻擊應該也不會讓維茲瀕臨消失才對。

於是跪坐在地毯上的兩個人同時指著對方。

「「都是這個傢伙……」」

然後說出完全相同的台詞，而且說到一半就在極近距離彼此怒目相視。

阿克婭皺起眉頭，咬牙切齒，完全表現出怒氣。

巴尼爾因為戴著面具，不知道他的表情是怎樣，不過可以看得出他撇著嘴角。

而跪坐著的巴尼爾腿上，有顆黃色的毛球。

……說真的，這片渾沌到底該如何處理啊？

無計可施之下，我決定聽他們輪流解釋。

「你聽我說！聽我說啦，和真！我和大家在審問這個怪面具的時候，他突然暴怒，開始攻擊我！嘴裡還喊著巴尼爾式什麼的！我用魔法反彈了那招，結果達克妮絲遭到波及就被打倒了，所以我就詠唱淨化魔法進行反擊！結果這個傢伙就拿維茲來當擋箭牌，害維茲瀕臨消失，感覺不太妙的樣子！於是我覺得這下不讓這個傢伙消失不行，結果就在這個時候……！」

原來如此。

我聽不懂。

「哼哈哈哈哈，只會說對自己有利的片面之詞的耍詐女！吾可是眾所周知大抵無辜、清白又正直，這個女人和躺在那邊的肌肉女孩以及叛徒老闆卻一起斷定吾有罪！打從一開始，這場沒有辯護人的審判原本就不算數，吾無法接受，便以名為正當防衛的巴尼爾式殺人光線進行反擊。結果這個傢伙反射了吾的招式，連累了肌肉女孩之後，這個不講理的女人竟然又施展魔法報復，所以吾在情急之下使出老闆屏障，才得以保住一命。於是吾認為必須為這場有史以來的對決做個了斷，結果就在這個時候……！」

「「爵爾帝誕生了。」」

原來如此。

我聽不懂。

5

——金士福特·爵爾特曼。

被水之女神看上，從為數眾多的蛋當中雀屏中選，來頭不小的普通小雞。

「這個名字相當不錯。是個充滿威嚴的優秀名字。難怪會一直黏著吾。」

「那還用說嗎，也不想想這個名字是誰取的。雖然這個孩子一直黏著你讓我無法原諒，不過牠可是我這個女神選上的，命中注定將成為龍族之帝王的存在呢。」

依然跪坐在地毯上的巴尼爾和阿克婭如此對話，但那隻小雞卻是一副無動於衷的樣子。

牠的模樣和日本的小雞沒什麼不同。

明明是才剛出生的脆弱存在，面對神和惡魔卻毫不害怕，大大方方地站在大惡魔的大腿上，視線也不曾從惡魔身上移開。

金士福特．爵爾特曼。

身負終將成為龍族之帝王的期望，暱稱叫爵爾帝。

而我將這樣的爵爾帝從巴尼爾的大腿上拎了起來。

「……所以，我們要怎麼處理這個？炸來吃？」

「最好是啦！和真，我從以前就這麼想了，你果然是魔鬼！我有時候會覺得這個面具惡魔還比你有人情味一點！」

「說這種話也太失禮了吧，ＮＴＲ女。可別把在惡毒領主消失之後，整個阿克塞爾論鬼畜無人能及的這個男人，和在小朋友們上下學時間會在附近巡邏，風評頗佳的吾混為一談。」

我可以哭一下嗎？

……不過，我大致上了解了。

也就是說，在阿克婭和巴尼爾互相爭執的時候，爵爾帝誕生了，而且對第一眼看見的巴尼爾產生了銘印現象是吧。

我雙手捧著爵爾帝，而在沙發上休息的惠惠則是一臉羨慕地望著爵爾帝，一副坐立難安的樣子。

她大概是想摸吧。

我把爵爾帝交給惠惠之後，就去照顧維茲和達克妮絲。

「……剛出生的生物怎麼會這麼可愛呢？難道是讓掠食者因為可愛而不忍攻擊牠的防衛本能嗎？」

就在惠惠把爵爾帝捧在手上小心翼翼地看顧的時候，我來到躺在地上的維茲和達克妮絲身邊。

……維茲的身體已經相當透明了，不過這個我沒有辦法處理。

所以，我抱起癱在地上的達克妮絲，輕輕拍了拍她的臉頰，但她沒有醒來。

「總之，你在這裡對爵爾帝的教育不好，快點回去吧。我要對這個孩子實行英才教育……瞧，惠惠看著爵爾帝的時候傻笑成那樣啊。根本是情聖。爵爾帝是天生的女性殺手啊。俗話說英雄好色，看樣子可以期待牠的未來呢。」

「哼，吾自然會回去，用不著汝說。誰教那個倒在地上的累贅老闆將吾賺到的鉅款都變成石頭了。那麼，人類們啊。零用錢存夠之後，歡迎再次光顧維茲魔道具店！」

巴尼爾來到身體已經變成半透明的維茲身邊，拎起她的後領說：

「喂，不好意思，可以給點糖水嗎？要是置之不理的話，這個生死交關巫妖就要轉職成一命嗚呼巫妖了。讓她補充一點營養吧，只要讓她吸收一點糖水，一定就會像獨角仙一樣復活了吧。」

維茲平常是都吃些什麼東西啊？

說著，巴尼爾準備走向廚房，然而……

「啊！你、你是怎麼了，爵爾帝？」

這時，惠惠捧在掌心的爵爾帝突然開始掙扎。她在驚訝之餘，仍是輕輕將牠放到地毯上。

是怎樣，就連惠惠也是相當自然地在叫爵爾帝，她都不覺得怪怪的嗎？

那只是一隻小雞吧。

明明只是一隻小雞，為什麼是我們之中名字最跩的一個啊？

「……嗯？」

在大家關注著爵爾帝的視線之下，那隻名字很跩的黃色毛球搖搖晃晃地走到巴尼爾身邊，然後整隻貼在巴尼爾的鞋子上。

阿克婭見狀便向我求救：

「哇啊——！爵爾帝被搶走了！和真先生——！和真先生——！拜託，你幫我驅除面具惡魔，把爵爾帝搶回來啦！」

「才不要，幹嘛找我啊？要對付巴尼爾的話，妳比我強多了吧。再說了，這是小雞吧？不是龍耶，妳沒關係嗎？」

聽我這麼說，阿克婭靠近了貼在巴尼爾身上的爵爾帝，小心翼翼地將牠抱進懷裡。

「爵爾帝那麼喜歡面具惡魔，要是我驅除了他，爵爾帝說不定會討厭我耶……還有，沒長眼睛的和真大概不懂，這個孩子肯定是身上長有體毛，極度稀有的龍族——長毛龍。」

「妳不想承認自己被騙的心情我可以體會，不過妳還是死心吧。那個傢伙肯定是普通的小雞。」

看著摀住耳朵不聽我說話的阿克婭，我向正在對維茲淋糖水的巴尼爾問道：

「喂，話說回來，達克妮絲一直沒有醒來耶。這樣沒問題嗎？」

對此，巴尼爾一臉疑惑地看著達克妮絲說：

「嗯，外傷應該被那個女神治好了才對。不過，中了吾之巴尼爾式殺人光線還沒斷氣更

是令吾驚訝。殺人光線就是會殺死人的光線，招如其名，人中了招就會被殺掉。反而是吾還比較想問她為何還沒斷氣。莫非她的魔法抗性當真高到極為瘋狂的境界嗎……不過這還真是有損吾以不傷人著稱的名聲啊。等那女孩醒來，再幫吾問問『妳那一身是什麼肌肉』吧。」

「你是想害我被揍嗎……算了。那麼，這個傢伙該怎麼處理？」

說完，我低頭看向黏在巴尼爾腳邊不肯離開的那顆黃色毛球。

我看，乾脆叫他帶回去算了。

「嗯。會對在主婦族群中形同偶像的吾意亂情迷也是莫可奈何的事情，不過鳥類和惡魔族之間的種族差異實在是極大的阻礙。雖然對不起爵爾帝，不過也只能請牠對吾死心了。」

「不，牠是把你當成爸爸了吧。」

聽我這麼說，巴尼爾低吟了一陣之後說：

「……沒辦法了。喂，爵爾帝睡在哪裡？」

阿克婭聽了這句話，默默指了指大廳的沙發。

不，別讓牠占用那裡當睡床好嗎？

巴尼爾見狀，便隨手拎起爵爾帝，然後坐到沙發上。

爵爾帝只有在被巴尼爾拎起來的時候動也不動，乖乖任憑處置。

看來這個傢伙真的把巴尼爾當成爸爸了。

接著，巴尼爾直接屈身做出環抱的姿勢，並且以雙手捧住爵爾帝之後……

「脫皮！」

隨著一道破裂聲，巴尼爾分裂成兩個人。

爵爾帝因為被巴尼爾的分身抱在懷裡，看不見巴尼爾多了一個出來。

順利留下抱著爵爾帝，動也不動的皮囊，那個出什麼招都不奇怪的惡魔舉起一隻手說：

「那麼，吾就此告退。」

「我原本還以為自己已經差不多對這個世界的生物很習慣了，不過你真的太誇張了。」

6

新的吉祥物在我們家誕生的隔天早上。

「……和真啊，你可以不要在爵爾帝面前吃荷包蛋嗎？我總覺得這個孩子一直看著和真，好像很害怕的樣子。」

餵爵爾帝吃著麵包屑的阿克婭對我這麼說。

「那個傢伙是龍對吧？是的話就不需要怕我了啊……先別說這個了，妳想辦法處理一下巴尼爾的殼啦。那個東西的存在感有夠強烈，被它那樣看我都快吃不下飯了。」

我拿筷子指著坐在阿克婭身邊，用來給爵爾帝當床睡的巴尼爾殼這麼說。

雖然是個空殼，外表看起來卻完全是巴尼爾。他的存在感原本就十分強烈了，就算不會動也非常讓人在意。

「我也沒辦法啊，誰教爵爾帝喜歡……先別說這個了，那個孩子從剛才開始就不太對勁，不知道是怎麼了呢。」

指尖被爵爾帝啄得很痛的阿克婭看向房間的角落。

「我覺得牠看起來很像是在害怕這顆黃色毛球就是了。」

在她的視線前方，是把自己縮成小小一團，持續戒備中的點仔。

我原本還很擔心黃色毛球會不會被黑色毛球吃掉，但事情怎麼會變成這樣呢？

「是因為魔力吧。」

啃著烤吐司的惠惠一邊盯著爵爾帝，一邊這麼說。

「魔力？」

「沒錯，就是魔力。我感覺得到爵爾帝身上散發出相當驚人的魔力。」

……這顆毛球？

「我、阿克婭、巴尼爾以及維茲，都是在這個城鎮當中算是擁有數一數二魔力的人。或許是因為我們在孵蛋的時候，都將魔力灌注在牠身上的關係吧。母龍在孵蛋的時候灌注魔力的話，小龍出生的時候也會具備強大的魔力，這是很有名的說法，不過沒想到對雞蛋灌注魔力也會產生同樣的現象，真是太有意思了。對於繁殖龍族的龍牧場來說，這或許是個好消息呢。」

所以是怎樣？

這隻小雞真的是像阿克婭宣稱的那樣，會變成很強的戰力嗎？

「那麼，只要好好養大這個傢伙，總有一天會變成對付魔王軍的王牌……」

「才不會呢，牠是小雞耶。既不會使用魔法，也不會像龍那樣運用魔力飛行或是噴火。」

……

「某天，強大的力量突然在這個傢伙身上覺醒，或是魔力讓牠成長為擁有超強肉體的小雞之類……」

「才不會有這種事情好嗎。擁有高強魔力可能會延緩老化、延長壽命，但這個孩子還是普通的小雞。既不會冒出特殊的力量，辦得到的事情也只有因為魔力高強而嚇住野生怪物罷了。」

真是太浪費了。

「啊！對了，只要有我的『Drain Touch』就能用這傢伙來代替補充魔力的瑪納礦石……」

「這個也不行，因為牠是小雞嘛。要是你用『Drain Touch』的時候不小心連牠的體力都吸到的話，一下子就死掉了喔。」

這下子該怎麼辦呢？

「……吃掉這個傢伙的話我的魔力會不會突飛猛進啊？」

「……不知道耶。牠這麼可愛，我實在也不太想這麼做，不過如果能夠提升魔力的話是有一試的價值。」

「用那種眼光看我們家孩子的人全都滾開！達克妮絲，好好保護爵爾帝，別讓這兩個人接近牠啦——！」

吃完早餐，優雅地喝著紅茶的達克妮絲看著我們這樣的互動，輕輕笑了一下。

「呵呵……看著你們，才讓我真正有回到這個家來的感覺。和真、惠惠，別一直欺負阿克婭了。今後大家還要一起安然度過和平的生活。別吵架了，大家好好相處吧。」

說完，她帶著平靜的表情對我們露出笑容。

「……妳這個傢伙不久之前不是還在當家裡蹲嗎，現在心情倒是很好嘛。被領主大叔拋棄的心靈創傷已經復原了嗎？不過，失婚處女也是一種嶄新的類型，我覺得妳應該盡量多攬一點屬性在身上才對。」

「我才不是被拋棄，領主之所以失蹤肯定是因為事跡敗露而落跑了！……再說了，我並不是失婚族。我的戶籍依然乾乾淨淨。」

說完，達克妮絲囂張地笑了。

「……？……啊！這個傢伙動用貴族特權，竄改了戶籍！喂，惠惠，妳看看這個傢伙的轉變啊。之前還裝模作樣地說什麼達斯提尼斯家不會濫用權力，說得很跩的樣子，結果被逼急了還不是這樣搞。」

「達克妮絲和以前相比真的變了很多呢。以前那種死腦筋、不知變通的一面消失了，腦筋變得柔軟了許多。這也是因為受到和真的影響吧。」

自己動用權力竄改了戶籍這件事三兩下就被看穿，使得達克妮絲的臉紅了起來。

「你們兩個別這樣啦！達克妮絲其實是非常愛作夢的女孩子喔！說自己不適合卻還是喜歡可愛風格的衣服，也喜歡布偶，還會趁大家不在的時候偷偷跑來觀察爵爾帝的狀況，真的是個好孩子喔！如此純真又可愛的達克妮絲稍微竄改一下戶籍又不會怎樣……啊，妳幹嘛啦，達克妮絲！人家在幫妳說話耶！」

淚眼汪汪的達克妮絲衝去抓住阿克婭，試圖讓她閉嘴。

就在這個時候，玄關響起敲門聲，接著門應聲被開啟。

「打擾了——……各位今天看起來也很開心呢。」

來訪者是看見一如往常的我們便露出苦笑的克莉絲。

7

「——事情就是這樣。我已經拜託過助手老弟了，不過可以的話，我希望各位也能夠協助我收集神器。」

克莉絲說完至今的來龍去脈之後，視線完全沒有從她剛才就一直很在意的，那個用來充作爵爾帝睡床的巴尼爾殼上面移開，並嘆了口氣。

聽完克莉絲剛才說的事情之後，達克妮絲皺起眉頭，一臉過意不去的樣子。

「我是很想幫妳的忙，可是……抱歉，克莉絲。現在因為前任領主行蹤不明，我得代替身體狀況尚未完全復原的家父負責領主的工作。所以，我必須等到家父康復之後才能專心開始幫妳的忙……」

「沒關係沒關係，領主的工作比較重要，光是妳有心想要幫我的忙，我就很開心了。謝謝妳，達克妮絲。」

說完，克莉絲對達克妮絲笑了一下，然後以充滿期待的眼神看著另外兩個人。

「我嘛，如果有我可以幫忙的地方我是願意。不過，我辦得到的事情很有限喔。要是那個什麼神器的落入壞人手中，妳可以威脅對方沒關係，說我的爆裂魔法蓄勢待發就好了。」

「謝、謝謝妳，惠惠。如果碰上什麼能夠拜託惠惠的事情，到時候就再麻煩妳了。呃，然後是……」

克莉絲滿心期待地看著阿克婭，結果正在把玩爵爾帝的阿克婭果斷地說：

「很遺憾，我沒辦法幫忙。」

或許是因為這番話出乎眾人的意料，所有人都注視著阿克婭。

「反正妳餵完小雞之後也只是在家裡打滾而已吧？妳是我們當中最閒的一個，就稍微幫她一下吧。」

阿克婭把爵爾帝抱到懷裡，同時對我的發言置之一笑。

我瞬間有點火大，但這種時候把她弄哭只會讓事情無法進展下去。

爵爾帝那對小翅膀的觸感似乎很不錯，阿克婭在抱起牠之後不停揉捏，享受著那種觸感，同時帶著一臉跩樣開口說：

「吶，和真。你能夠體會為人父母的心情嗎？」

「……突然說這個幹嘛？我能夠體會的話，網路遊戲裡的朋友就不會叫我傷透媽媽心的和真兄了。」

「我想也是。這樣才是和真嘛。每天都不去學校，只顧著打電動。聽父母試圖勸自己去學校，也只會瞎扯一堆不可愛的歪理，講也講不聽……不過，即使是如此沒出息的兒子，站在父母的角度來看還是很可愛。」

如果阿克婭剛才是在說我的話，我就要賞她一巴掌。

「越沒出息的小孩越可愛。我知道有這麼一句話。可是，我想把這個孩子養育成比任何人都還要強，比任何事物都還要受人崇拜，非常了不起的龍！我必須對這個孩子施行英才教育，讓牠站上龍界的頂峰才行……所以，聰明的我想到了。俗話說，小孩子是看著父母的背影長大的對吧？因此，我想試著讓這個孩子看到我強大的一面，或是受人崇拜的一面。」

見阿克婭帶著前所未見的認真表情這麼表示，我說：

「具體說來妳要怎麼做？」

「我第一個想到的是嘗試打倒魔王，不過以我現在的實力可能會以些微的差距落敗。所以，我要先保留這招當成最終手段。」

「……我不知道妳說實力和魔王只有些微的差距是指哪方面，不過妳一開始明明就說買下那隻小雞是為了增強戰力，好以對付魔王對吧？前提已經偏掉了吧？」

「和真真是的，你在說什麼啊？我怎麼可能讓我可愛的孩子做那種危險的事情呢？」

「我才想問妳在說什麼呢。」

這個傢伙的母性是在孵蛋的時候覺醒了嗎？

「總之，改天再讓牠見識我強大的一面就可以了。更要緊的是，不久之後有個非常重要的活動。」

……非常重要的活動？

阿克婭望著我們……

「大家知道艾莉絲女神感謝祭嗎？」

然後突然說出這麼一句話。

——艾莉絲女神感謝祭。

那是眾人滿心歡喜地感恩自己又平安過了一年，讚嘆幸運女神艾莉絲的祭典。

世界各地好像都有在每年的這個時期舉辦這個祭典的習俗。

我看向在我身邊啜飲紅茶的克莉絲，她便害羞地轉過頭去。

「這個城鎮也會辦艾莉絲祭啊。我們的村里也會辦喔。據說，在這天變裝成幸運女神艾莉絲的話，就可以平安度過到明年的祭典為止的這一年。」

是喔，艾莉絲那麼有心啊？

佩服的我看向克莉絲，她卻輕輕搖了搖頭。

看來是迷信。

「我們家也是每年都會參與艾莉絲祭。達斯堤尼斯家代代都是虔誠的艾莉絲教徒，每年都會捐獻大筆款項，協助舉辦祭典。」

克莉絲聽了都害羞起來。

「也就是說，在這個城鎮也看得到艾莉絲女神的角色扮演啊……喂，這樣讓我有點期待耶！」

「是喔？我倒是不太喜歡那個祭典。因為會變裝成艾莉絲女神的不是只有女性。」

「真不想聽到這個情報。」

這時，阿克婭用力拍了一下桌子。

「你們在開心什麼啊！我想說的可不是要和大家一起在祭典上開心玩！居然把本小姐撇在一邊痛痛痛痛！爵爾帝，你為什麼要啄我！媽媽到底是哪裡惹到你了！」

阿克婭的話還沒說完，手就被因為她拍桌而嚇到的小雞給啄了。

「妳說了這麼多，到底想表達什麼啊？」

我沒好氣地這麼問，阿克婭便說：

「既然都有艾莉絲祭這種活動了，應該也要辦個阿克婭祭才對啊，不然太不公平了。我要求今年取消艾莉絲祭，改辦阿克婭祭！」

克莉絲把嘴裡的紅茶噴了出來。

不顧被嗆得猛咳嗽的克莉絲，阿克婭繼續高聲說道：

「你們不覺得這樣很奸詐嗎？有人辦艾莉絲祭，為什麼阿克婭分明是艾莉絲的前輩卻沒有人辦祭典呢！偶爾交換一下又不會怎樣！人家想給爵爾帝看到自己優秀的一面嘛！」

妳這個傢伙在她本人面前說什麼啊。

「而且，艾莉絲的評價未免也太好了吧！那個孩子乍看之下溫柔賢淑，其實也很調皮搗蛋喔！而且她很喜歡擅自把各種事情攬在自己身上，試圖盡可能一個人解決，很愛死撐。我不知道幫了那個還不成熟的孩子幾次，都已經數也數不清了！」

我把臉湊到依然在咳嗽的克莉絲耳邊說：

「那個傢伙那樣說耶，她有幫過妳那麼多次嗎？」

「……只、只有一次。可是那次，是因為我接連處理前輩塞給我的工作，結果我自己原本的工作不知不覺越積越多……就在我因為這樣而傷腦筋的時候，前輩跑過來說『真拿妳沒辦法！艾莉絲真是的，沒有我就不行耶！』，然後帶著一臉跩樣開始幫我的忙……」

喂，這是怎樣？

沒有多加理會交頭接耳的我們，達克妮絲一臉受不了的樣子說：

「真是的，阿克婭就是因為那樣隨口胡謅艾莉絲女神的壞話，運氣才會那麼差喔！阿克婭老是碰上不幸的遭遇，一定是艾莉絲女神的天譴。」

「妳說什麼！那麼，我去逗野狗結果突然被牠追、剛買冰淇淋就掉到地上，這些全都是艾莉絲搞的鬼嗎！艾莉絲長得那麼可愛，原來是這樣的孩子！」

我偷偷看向旁邊，只見淚眼汪汪的克莉絲用力搖著頭。

「無論如何，我當然無法幫忙。剛才也說過了，我現在正忙著做代理領主的工作。祭典期間大概也很難空出時間來吧。」

「為什麼啦——！之前我才跟和真他們一起救了差點就要嫁人的達克妮絲，還幫妳的父親解除詛咒耶！」

「嗚……聽、聽妳這樣說我也很過意不去，但我原本就是虔誠的艾莉絲教徒……」

聽達克妮絲這麼說，克莉絲鬆了口氣。

「算了，我也不要達克妮絲這個被拋棄的失婚族幫忙！」

「被拋棄的失婚族！等一下阿克婭，別這樣叫……！」

「惠惠呢？吶，惠惠妳呢？妳願意幫我的忙吧！」

「被拋棄的失婚族……」

在被拋棄的失婚族哭喪著臉低下頭的時候，戰戰兢兢地摸著爵爾帝的惠惠表示：

「我無所謂啊。反正我又不是艾莉絲教徒，也認識幾個阿克西斯教徒。因為我以前曾經受過他們的照顧。」

「！」

聽她這麼說，克莉絲猛然抬起頭來，而阿克婭則是單純地感到高興。

「不愧是惠惠！那和真當然……」

「不可能幫忙。」

「給我幫忙啦臭尼特，你每天都只有在睡覺而已不是嗎！拜託啦，不然我可以讓你代替我餵爵爾帝吃東西！我讓你餵牠一次！」

「誰稀罕啊！幹嘛把餵小雞吃東西說得像什麼獎賞一樣！」

「不、不好意思，我有點想餵耶……」

對一些人來說好像是獎賞。

「再說，要取消艾莉絲祭根本就不可能吧。小心艾莉絲教團暴怒起來喔。」

「哪有這樣的……設法處理這種問題一直都是和真先生負責的不是嗎……」

「妳開什麼玩笑啊。」

我斷然拒絕了阿克婭，讓克莉絲又鬆了一口氣。

聽我這麼說之後，阿克婭猛然站了起來，如此宣言：

「算了，誰要拜託和真這個小氣鬼！我、惠惠和克莉絲三個人想辦法舉辦給你們看！」

「咦咦！」

克莉絲發出了今天最大聲的驚呼。

第二章

為這副聖鎧找到主人！

1

夏季的陽光，從厚重的窗簾之間透了進來。

為了擋住陽光，我把棉被拉到蓋過頭，心滿意足地賴床時，有人開始瘋狂敲門。

「和真，你要睡到什麼時候啊！衣服穿好了吧？沒有在做什麼不可告人的事情吧？沒有吧？我要進去了喔！……這是怎樣，好冷！」

一大早就亢奮地大叫的阿克婭一走進我的房間便尖聲大叫。

我從棉被底下探出頭來說：

「喂，大清早的吵死人了。把門關起來啦，冷氣都跑光了。」

「雖然我也不是第一天這麼說了，不過已經中午了喔。先不提這個了，為什麼這個房間這麼冷啊？是有野生的冬將軍躲在衣櫥裡面嗎？我們家已經有點仔跟爵爾帝了，不需要多養寵物了喔。」

「我幹嘛養那種危險的東西啊。看看房間的四個角落好嗎，有沒有看到地上各擺了一個水桶？我在裡面裝了冰塊。」

阿克婭似乎被我這番話引起興趣，跑去看水桶裡面的東西。

「在這盛夏哪來的冰塊啊？我晚上也熱到睡不著，很想要冰塊的說。」

「妳還記得吧，之前維茲不是嚷嚷著說她買了很多最高品質的瑪納礦石嗎？那件事讓我靈機一動，就花了大把鈔票大量買下了便宜的瑪納礦石，然後使用冰凍魔法一直製造冰塊。在炎熱的夏天將房間冷卻到透心涼再蓋棉被睡午覺。這幾乎可以算是最頂級的奢侈了吧。」

看著脖子以下都在棉被裡面的我，有點羨慕的阿克婭說：

「說到濫用金錢和魔法，和真先生還真是無人能出其右呢……吶，今晚好像也會很熱，晚上也幫我做冰塊好不好？」

「做冰塊這種小事當然是沒問題，不過妳來找我幹嘛啊？妳今天不是要去阿克西斯教的教堂嗎？」

昨天硬是要克莉絲答應幫忙之後，阿克婭放話說今天要去阿克西斯教堂聚集大群信眾不是嗎……

「不曾受人景仰的和真大概不懂這種感覺，但要叫自己的信徒舉辦讚頌自己的祭典總是教人有點害臊嘛。我希望可以有人陪我去，然後若無其事地對我的信徒提起辦祭典的事情。」

把手放到水桶裡攪動冰水，覺得這樣很舒服的阿克婭這麼說。

「賺到鉅款之後，單身的女冒險者和櫃檯小姐最近都莫名仰慕我好嗎，竟敢說這種話。而且平常從不察言觀色，肆無忌憚地耍任性的妳，幹嘛顧慮這種莫名其妙的事情啊，麻煩死了。我昨天也說了，我可不會幫忙喔。我也不想再和阿克西斯教徒扯上關係了。找惠惠或達克妮絲陪妳去吧。」

「我已經哭著求過達克妮絲好幾次了，她還是說代理領主的工作很忙。惠惠也說她今天要去找她認識的人，沒空陪我玩。」

說著，阿克婭拿著裝有冰塊的水桶來到我身邊……

「喂，妳手上拿那個幹嘛？我不去喔！這麼熱誰要到外面去啊。住、住手！妳想對我的棉被幹嘛，我才剛曬過耶，不准弄濕！妳敢弄濕就走著瞧……好，我知道了，我去就是了，放下水桶啦！」

——位於阿克塞爾郊外的一棟小型建築物。

「就是這裡。外觀看起來是個小教堂，但這點表現出阿克西斯教徒謙虛的優點，感覺相當不錯呢。」

「感覺一口氣就會被轟飛了呢。」

我和阿克婭來到這個城鎮的阿克西斯教堂。

這麼說來，在這個城鎮住了這麼久，我還是第一次來到這裡。

「我說，這個教堂的負責人是個怎樣的人啊？該不會又是個怪胎吧？個性鮮明的傢伙已經夠多了，要是又冒出一個怪人我就閃人喔。」

「阿克西斯教團的孩子們各個都是乖孩子，用不著擔心。不過，我也還沒見過這裡的負責人呢。聽說新的負責人最近才剛來上任……」

說著，阿克婭伸手準備打開教堂的門時……

『請看，妳要的貨是這個沒錯吧？確認一下吧……真是的，可以的話，找我調這種東西僅此一次，下不為例啊。』

聽見裡面傳出的男人聲音，她便停下了動作。

這種東西？

『……沒錯。幸好我拜託的是你，這可是無從挑剔的上等貨色呢。不過你放心，處理這個我很熟練，不會有危險的。而且，我只會拿來個人享用。』

接著又傳出一個女人的聲音時，我和阿克婭對看了彼此一眼。

『那就好。話雖如此，享用那個東西要適可而止啊。每年都一定會有人因為那個東西而死，小心一點啊。』

我們好像撞見非常不妙的場面了。

沒想到阿克西斯教團居然會經手違法物品，怎麼可能會有這種事……！

……怎麼搞的，我怎麼覺得還滿有可能的。

「喂，阿克婭，我們先離開這裡，去找警察吧。」

「等、等一下！我們教團的孩子不可能誤入歧途去犯罪！這肯定有什麼誤會，等到聽個詳細再說吧！」

「妳的教徒對艾莉絲教徒的性騷擾和惡作劇可都是如假包換的犯罪喔。」

無論如何，我們都不應該待在這裡了。

要是裡面的人知道我們聽見剛才的對話，為了封口說不定會加害我們。

正當我打算帶著百般不願意的阿克婭悄悄離開現場的時候……

『真是的，妳還真是一點都沒變呢。妳就那麼喜歡這種白色的粉末嗎？』

——傳來了惠惠的聲音。

突然聽見自己人的聲音，我和阿克婭都愣住了。

為什麼惠惠會來這種地方？

她剛才是不是提到白色的粉末？

不，等一下，惠惠出現在這種可疑的交易現場，就表示……

『不過這個東西真的有那麼好嗎？妳之前也問過我要不要來一點，害得我也有點想要嚐嚐看了。』

喂喂。

『小妹妹，這個東西乍看之下只是普通的白色粉末，不過用熱水調開之後……』

喂，等等，住手。

這個人肯定是惠惠沒錯吧？

不是聲音聽起來很像的別人吧？

正當我和阿克婭猶豫著要不要闖進去的時候，裡面的人說出了決定性的一句話：

『那麼好奇的話要不要試試看？放心啦，惠惠小姐，任何人第一次嘗試都會害怕。不過，一旦試過之後就一定會上癮……』

我把門踢破了。

「——到此為止了，你們這些邪教徒！混帳，妳想對我的同伴幹嘛，小心我宰了妳！」

出現在裡面的，是因為門突然被踢開而露出驚愕表情的一對男女。

還有——

「和、和真？你怎麼會來這裡……！而且連阿克婭也來了……！」

被夾在那對男女之間的，是一臉驚訝，整個人都僵住的惠惠。

「哪有什麼好怎麼不怎麼的！喂，妳這個罪犯，不許動喔！別看我這樣，我在這個城鎮也算是小有名氣的冒險者，要是敢抵抗的話我可是會動手的喔！」

面對我的威脅，出現在現場的那個女人……

看似阿克西斯教徒的那個祭司拿著白色粉末，抖了一下。

「等、等一下！這確實是違禁品沒錯，但我只是自己用……」

「誰會相信妳那種鬼話啊，妳剛才就問我的同伴要不要嚐嚐不是嗎！開什麼玩笑啊，要是我的同伴因為那個東西變得比現在還要奇怪的話妳要怎麼負責！看我用點火魔法燒掉那些可恨的東西！」

我一邊說一邊伸出右手，結果那個祭司連忙將手上的粉末拽進懷裡護著。

這時，阿克婭從我身邊經過……

「神光拳──────！」

對著跟不上狀況的男子揮出拳頭。

阿克婭的拳頭準確地擊中心窩，男子連吭都沒吭一聲就癱倒在地。

「等一下，你們兩個是怎麼了？突然闖進來也就算了，這是在幹嘛啊！」

我沒有多加理會驚慌失措的惠惠，握起拳頭與那個祭司對峙。

「惠惠妳別插嘴！喂，妳這個想拐騙無知少女誤入歧途的邪惡祭司！我是個對付神職人員，甚至是對付女人的時候也會照樣動拳頭的平等主義者。竟然試圖用詭異的消遣帶壞我的同伴，我要代替沒有好好教育信徒的女神，讓妳嚐嚐我神聖的拳頭。」

「和真，先別制裁她！那個孩子一定有什麼苦衷！這個男人好像不是阿克西斯教徒所以我才毫不留情地制裁了他，但是我在這個孩子身上感覺到虔誠的阿克西斯教徒的氣場！我覺得可以先聽她解釋再說！」

阿克婭拉住隨時準備發動攻擊的我的手臂，幾乎是整個人巴了上來制住我。

看著這樣的阿克婭，那個祭司瞪大了眼睛說：

「您是……！……啊啊，竟有此事……呵呵，看來我還是不能幹壞事。好吧，我認輸。

無論你們要燒掉這個，還是要把我交給警察都沒關係……」

「大、大姊姊！」

看見阿克婭之後，那個祭司突然認罪，雙肩無力地垮了下來。

站在她身邊，依然慌亂不已的惠惠，來回看著我和那個祭司。

「妳不抵抗的話我也不會對妳怎樣。不過，妳得跟我到警局走一趟。在裡面好好贖罪吧。」

「好，我知道……呵呵，惠惠小姐還願意叫這樣的我一聲大姊姊啊？不過，別露出那麼擔心的表情嘛。等到贖完罪之後，我們一定能夠再見面的……沒錯，大概今天的傍晚時分就可以再見面……」

說著，那個祭司露出虛渺的微笑……

「……今天傍晚？妳在說什麼啊，哪有可能那麼快放妳出來啊？」

「我才想問你在說什麼呢？非法持有瓊脂史萊姆，頂多被訓話一個小時就結束了喔。」

瓊脂史萊姆。

「……那個什麼史萊姆是怎樣？用了之後會成癮或是興奮作用……」

「才不會呢，你說的那是什麼危險的東西啊？瓊脂史萊姆是柔軟好吞，口感Q彈的食品，老爺爺和小朋友都很喜歡吃。」

聽惠惠這麼說，我不禁陷入沉默。

「……不，可是，不對啊，他們剛才對話的時候明明說每年都有人因此而死什麼的，聽起來超危險……」

「這個東西的食品特性如此，但還是很多人沒有仔細咀嚼就吞嚥下去，所以每年都會出現因此哽住喉嚨而死的人。聽說很多剛嫁進夫家的太太，都會在婆婆的生日送這個當禮物喔。」

…………

「不、不對，可是剛才……你們不是說那是違禁品嗎？還說白色粉末什麼的，光是持有那個東西就是犯罪對吧？」

那個祭司換上哀傷的表情，搖了搖頭說：

「之前，在阿爾坎雷提亞，魔王軍曾經使用瓊脂史萊姆發動無差別恐怖攻擊……那次真的非常可怕，整個城鎮的溫泉都變成了瓊脂史萊姆。後來，國家認為魔王軍將瓊脂史萊姆混入溫泉當中一定有什麼理由才對，肯定有著某種凶惡的副作用，並下令進行研究……而且更因此下令，在確認安全性之前不得食用瓊脂史萊姆……」

魔王軍為什麼要做出那麼愚蠢的事情啊？

「可是，對我而言，瓊脂史萊姆是無可取代的重要食物！所以明知道會被罵，還是忍不住做出這種事情來……！」

正當我在煩惱著是不是該走人的時候，那個祭司就在我面前淚崩。

而阿克婭輕輕將手放在那個祭司的肩上說：

「汝，虔誠的阿克西斯教徒啊……回想一下阿克西斯教的教義，第七項。」

發現有一隻手放在肩上的祭司聽見阿克婭這麼說，抬起頭來。

「第七項……？……！『汝，毋須忍耐。想喝的時候就喝，想吃的時候就吃即可。因為，明天不見得還吃得到……』」

「沒錯。汝毋須忍耐，知道嗎？即使是別人盤子裡的炸物，只要想吃就該吃。妳想吃瓊脂史萊姆的話就不應該忍耐。因為俗話說，忍耐對身體有害。」

「啊啊……阿克婭大人，感謝您……！」

我遠離開始做出奇妙舉動的阿克婭以及祭司，和來到我身邊的惠惠交頭接耳。

「喂，現在該怎麼辦？阻止她們比較好嗎？還是不要干涉比較好？」

「要我選一邊的話肯定是不要干涉比較好，不過她們應該不久之後就會冷靜下來了吧……先別管她們了，你們兩個怎麼會到這裡來啊？今天早上阿克婭說想叫我陪她去一個地方，該不會就是要來這裡辦事情吧？」

3

——照料完倒下的販子，目送他回去之後。

我沒有理會依然在上演奇怪小劇場的阿克婭她們，對惠惠說明剛才的來龍去脈。

「……所以，你們是誤以為有奇怪的人想用不好的消遣帶壞我，於是就闖了進來是吧？」

「就是這樣。不過，真是不好意思，那位女祭司是妳認識的人對吧？抱歉，因為我的誤會給妳們添麻煩了。」

我一邊抓頭一邊道歉，但惠惠只是輕輕露出微笑說：

「沒關係啦，這就表示你非常擔心我嘍。『到此為止了，你們這些邪教徒！混帳，妳想對我的同伴幹嘛，小心我宰了妳！』你是這麼說的對吧？呵呵，又多了一句我必須記住的和真語錄了。」

「別、別這樣，把那句話忘掉啦，剛才我可是拚了老命……喂，不准偷笑，嫌嘴巴不夠大我可以幫妳拉大啊。」

我試著嚇唬惠惠，但她一點都不打算收斂起高興的表情。

……不過，既然她平安無事，那就……

「啊——！」

這時，一道尖銳的叫聲在教堂裡迴響，劃破了這樣的氣氛。

是阿克婭一直在安慰的那個祭司的聲音。

「這是怎樣，這個人是怎樣啊！被惠惠小姐微笑以對還發出那種傲嬌氣場！還有惠惠小姐也是，那張頗為受用、傻笑不已的表情是怎樣！啊啊啊惠惠小姐真是的怎麼還是這麼可愛啊可以借我抱一下嗎！」

「別、別這樣啦。對了，我還沒向你們介紹這個大姊姊對吧？」

遠離雙手不停蠢動的那個祭司，惠惠對著我們說：

「和真、阿克婭，我幫你們介紹一下。這位是賽西莉小姐。是這間教堂的負責人。至於她和我的關係……」

「我是她的姊姊。」

「請不要隨口胡謅！總之，就是我之前曾經受過她多方關照……」

該怎麼說呢，這位名叫賽西莉的大姊姊……

明明是個非常漂亮的人，我卻在她身上感覺到和我的隊友們一樣的廢柴氣場。

不久之後，賽西莉緩緩對著阿克婭鞠了個躬說：

「那麼，請容我正式自我介紹……初次見面，阿克婭大人。我已經聽教團的最高負責人傑斯塔大人提過您了。我是賽西莉。如果有我能夠為您效勞的事情都儘管吩咐，任何事情都可以。」

說完，賽西莉露出面對心愛之人時才會展現的那種柔和微笑。

「哦？任何事情都可以？如果我說我的襪子破了要妳幫我買新的過來，妳也願意嗎？」

「那當然了，阿克婭大人！我還會幫您穿上，包您滿意我的服侍……啊，等一下，你要做什麼！就算大姊姊再怎麼漂亮，你也不可以突然就這樣對待我吧！」

我拖著開始說起蠢話的賽西莉來到教堂的角落。

「喂，別那樣寵她好嗎，這樣只會害她越來越囂張而已。應該說，明明才第一次見面的妳也對阿克婭太盡心盡力了吧……吶，阿克西斯教團該不會已經知道她的真實身分了吧？」

「你在說什麼啊，我聽不太懂耶。阿克婭大人就是阿克婭大人。那位大人是拯救了我們的城鎮的大祭司，和我們崇拜的主神阿克婭女神長得一模一樣的大祭司。只是名字剛好和女神一樣的大祭司。我是為了成為這樣的阿克婭大人的忠僕，仰賴阿克婭大人的威光過著吃飽

睡、睡飽吃的生活才來到這個城鎮的。」

「拜託妳回阿爾坎雷提亞去好嗎？」

不過，看她這個反應，我大概明白了。

阿克西斯教團大概已經知道阿克婭的真實身分了。

知道歸知道，卻也不打算供起下凡的阿克婭女神來拜，而是決定默默看顧她。

至少，他們似乎沒有要加害我和阿克婭的意圖。

……這時，阿克婭不知何時來到我身邊，用力拉了拉我的衣服下襬。

她一臉有話想說，充滿期待的樣子，不停抬頭偷瞄我。

這是那個吧，不好意思自己說，所以想叫我吩咐他們舉辦阿克婭祭的意思吧，真是麻煩死了。

「不好意思，惠惠的朋友，叫妳賽西莉小姐就可以了吧？」

「不用那麼拘謹啦，你可以叫得更隨興一點也沒關係喔。不然，你想叫我賽西莉姊姊也無所謂。」

該怎麼說呢，看著這個人就覺得好像有兩個阿克婭似的。

而阿克婭就在我身邊用閃亮亮的眼神催促我快一點，更是讓我煩悶。

「呃……其實是這樣的，妳知道這個城鎮將在不久之後舉辦艾莉絲女神感謝祭……」

「我知道！沒錯，這我當然知道！我知道那些可恨的艾莉絲教徒竟然撇開我們的阿克婭女神，企圖舉辦艾莉絲祭那種莫名其妙的祭典！」

我的話還沒完全說完，賽西莉便氣呼呼地說：

「現在是夏天。那麼，說到夏天會想到什麼？沒錯，就是大海、游泳池，和阿克西斯教團。那麼，說到祭典會想到什麼？當然也是阿克西斯教團。居然撇開最喜歡宴會和祭典，尤其特別喜歡夏天的阿克西斯教團，在這個季節舉辦艾莉絲祭，這怎麼想都是想找我們吵架。沒錯，這是戰爭，除了開戰以外沒有第二條路了！」

阿克西斯教徒是不是只有這種人啊。

至於阿克婭，她早就被賽西莉的發言感化，雙眼閃爍著期待的光采。

「事情就是這樣，我們來分配工作吧。等一下我就去艾莉絲教堂，敲破他們的窗戶玻璃。趁著艾莉絲教徒憤怒到失去理智，前來追趕我的時候，惠惠小姐就負責瀟灑地現身，帥氣地說完報名台詞之後解決他們。你就負責混在圍觀的人群之中喃喃說著『邪惡的艾莉絲教徒遭到天譴了……』，並擺出一臉高深莫測的樣子。至於阿克婭大人就在這裡喝酒打混……那麼，我們走吧！」

「最好是走啦，吐嘈點也太多了吧！……妳們兩個一臉躍躍欲試的樣子是怎樣！」

姑且不管想像著自己活躍的場面而不停竊笑的惠惠，還有乖乖依照吩咐開始準備喝酒的阿克婭，最重要的還是要設法處理這個阿克西斯教徒。

「不是這樣啦，我是覺得，不然我們也舉辦一個類似阿克婭女神感謝祭的活動，和他們對抗如何？」

4

「幸會，我是阿克西斯教團阿克塞爾分部長，名叫賽西莉。其實是這樣的，有一件事情想請您務必幫忙。」

「妳請回吧。」

阿克塞爾的商店街。

在這裡各家商店的老闆們，都忙著準備艾莉絲女神感謝祭。

「現在是怎樣，我都已經這麼有禮貌地拜託你了，你還有什麼不滿意的！……我知道了，你是想先回絕我的請求再藉此占我的便宜吧。接下來你就要這樣說了對不對！『呼呼呼，阿克西斯教團的美女祭司小姐啊，如果想要我答應妳的請求，妳可得先展現一下誠意才行』或是怎樣的，覬覦著我豐滿的肉體……！哪有那麼容易讓你得逞啊，這個叛教徒，這就讓你瞧瞧阿克西斯教徒的力量！」

「這個瘋婆娘是怎樣！就是這樣我才不想和阿克西斯教徒扯上關係啦，住手，喂！來人啊！」

現在，擔任商店街會長的先生，正在我的眼前被賽西莉掐著脖子。

「……惠惠，那個人是妳的朋友對吧？妳去阻止她一下啦。」

「我和她不是朋友，只是和她有點交情罷了。這點你可不要搞錯了。」

我們明明只是來問可不可以辦祭典而已，為什麼只要和阿克西斯教徒在一起就會惹上麻煩啊？

如果帶著兩個問題兒童過來的話事情大概會談不下去，所以我就把阿克婭留在教堂裡了，結果只有一個也沒什麼兩樣

我和惠惠一起重新觀察了一下商店街的狀況。

每間商店的店員都在店門口準備打算要擺出來的攤子，或是製作類似直立旗的宣傳旗幟，看起來相當繁忙。

看著這樣的光景，讓我想起日本的校慶。

我被送來這個世界的時期，正好是校慶剛結束的時候。

到頭來，校慶當天我也沒去學校，但如果早知道會跑來異世界的話，最後應該去看一下

才對，害我有點後悔。

沒記錯的話，我們班好像說要賣炒麵。

我看向賽西莉，她依然纏著會長，不知道在叫罵著什麼。

……他們阿克西斯教徒，也只是想辦祭典而已吧。

想起日本，稍微有點感慨的我，來到會長的身邊，阻止了掐著他的脖子的賽西莉。

我原本只是順應情勢才來到這裡，但是看見這幅光景之後，稍微改變了心意。

「賽西莉小姐，這樣事情談不下去，請適可而止吧。我來代替妳說服會長。」

聽我這麼說，賽西莉鬆開了手，而重獲自由的會長一面猛咳嗽一面說：

「你來代替她說服我也沒用，無論是任何人說了什麼我們也不會……嗯？你該不會是暴發戶冒險者佐藤先生吧？」

現在大家叫我暴發戶冒險者啊。呃，雖然是事實啦。

看見會長似乎有意思要聽我們說什麼，恢復了冷靜的賽西莉整理好凌亂的衣服，雙手互握，擺出祈禱的姿勢，以楚楚可憐的眼神看著會長說：

「其實是這樣的，每年都會舉辦艾莉絲女神感謝祭對吧？我們希望各位能夠將那個活動變更為阿克婭女神感謝祭……」

「妳請回吧。」

「……——！……——！」

「這樣事情真的談不下去，大姊姊跟我過來！乖，我陪妳玩就是了！」

在惠惠架著打算再次襲向會長的賽西莉離開時，我對著略顯害怕的會長輕聲呢喃：

「不好意思，我帶來的人給你添麻煩了……話說，我們之所以像這樣來拜訪你，確實和她剛才說的有關。」

「你是指那個阿克西斯教徒說的，阿克婭女神感謝祭嗎？沒辦法啦，要是真的那麼做的話，誰知道艾莉絲教團會怎麼抗議……」

對於如此斷然拒絕的會長，我把聲音壓得更低，繼續低語：

「不，像那個阿克西斯教徒說的那樣變更祭典太強人所難了，我並不打算這麼做。我希望能夠以共同舉辦的方式進行。只要打著『艾莉絲女神暨阿克婭女神感謝祭』的招牌，他們就會滿意了吧。」

聽我這麼說，會長一臉狐疑。

「我怎麼可能認可這種事情呢？這樣做感覺只會埋下引起麻煩的隱憂，好像一點好處也沒有……」

面對這樣的會長……

「艾莉絲女神感謝祭既然可以得到商店街的全面協辦，那麼想必商店街每年應該也能賺到不少吧？」

我假裝忽然想到這件事，以一派輕鬆的口吻這麼問。

「這個嘛，說沒賺錢就是騙人的。不過，這幾年因為魔王軍的動作越來越活絡，現狀確實是不如往年熱鬧……你問這個幹嘛？」

原來如此原來如此。

「艾莉絲教徒和阿克西斯教徒……這兩個教團的關係不太好。話雖如此，其實也只是阿克西斯教團單方面仇視對方罷了……那麼，在這種狀況下改成共同舉辦的話會怎樣呢？阿克西斯教徒那麼喜歡祭典，肯定會為了對抗艾莉絲教團，大舉炒熱祭典的氣氛吧。然後，艾莉絲教團也不可能眼睜睜看著他們那麼做。」

「……願聞其詳。」

我對彎下腰，顯得對我接著要說的話很有興趣的會長表示：

「就讓他們彼此競爭啦。我們只要鼓舞雙方的對抗意識，就能擴大祭典的規模。當然，順勢擺攤做生意的商店街，銷售金額也會增加。」

聽我這麼說，會長一臉認真，扶額沉思。

但是，好處不只是這樣。

「……還有一點。祭典的資金每年都是誰出的呢？」

「資金嗎？大部分是由艾莉絲教團調度，不夠的部分就從各位貴族以及我們商店街的捐款當中籌出……」

我也和會長一樣彎下腰。

「這個部分，就讓揚言要共同舉辦的阿克西斯教團也負責出錢吧。如此一來，說不定只靠艾莉絲教團和阿克西斯教團就能籌到足夠的資金。」

「……好辦法，就這麼辦吧！哎呀，不愧是年紀輕輕就賺到大錢的佐藤先生。可以的話，我希望能夠請你以顧問的身分協助我們舉辦這次祭典……當然，我不會要你做白工的……」

哎呀，沒想到事情會變成這樣。

雖然我已經不缺錢了，可是這種肥缺哪有不答應的道理。

「你不嫌棄的話我當然願意接受。我還可以提供很多好點子，讓我們一起輕鬆賺大錢吧。」

「哎呀，這次真是談了一筆好生意啊！」

正當周遭的人們都看著突然放聲大笑的我們時……

「交給那個人真的好嗎？」

「就連大姊姊我也有點不安起來了。」

我聽見了這樣的低語。

5

在最近已經完全變成我和克莉絲的會面地點的咖啡廳裡，我向她報告了目前為止的事情經過。

「──事情就是這樣。」

「為什麼──！吶，為什麼事情會變成這樣啊？我還以為這件事絕對不可能成功的說，前輩到底是怎麼說服商店街的會長的啊！」

克莉絲用力拍桌，站了起來，說話的聲音大到在店內迴響。

「哎呀──說服會長真的超辛苦的。不過最後會長也很開心呢。」

「原來是你啊──！」

我抱胸頷首，一副完成工作很有成就感的樣子，而克莉絲則是淚眼汪汪地對這樣的我咄咄相逼：

「為什麼？你不是什麼事情都嫌麻煩嗎，為什麼要把事情搞得這麼複雜啊！應該說，再這樣下去我就得放著自己的祭典不管，跑去幫忙前輩的祭典了耶，為什麼我非得做這種蠢事不可啊！」

「不、不對吧，為什麼前提會是妳得去幫忙啊，只要好好拒絕就可以了吧？」

抱頭苦惱的克莉絲說：

「話是這麼說沒錯啦……但每次前輩只要有什麼事情拜託我，我總是會在不知不覺間被迫幫忙……在你復活之後收拾善後的工作也是，不知為何也理所當然變成我的工作了……」

「關、關於這件事還真是每次都麻煩妳幫忙了……別這樣嘛，妳先冷靜一下。我會這麼做是有正當理由的。」

我向情緒依然激動的克莉絲說明了我和會長的部分交談內容，只是略去了顧問、報酬之類的部分。

「就因為這樣，好不容易辦了祭典，被魔王軍害得心有不安的人們也很難玩得開心。而阿克西斯教徒好像很喜歡祭典，所以我才想說跟他們一起舉辦這次祭典感覺也不錯。一切的一切，都是為了讓因為魔王軍而痛苦不堪的人們能夠好好享受祭典的樂趣，暫時忘卻不安的心情，完全是出自這樣的心意啊。」

「你這樣說的話我當然沒辦法反對了……不過口口聲聲說是為了鎮上的人們，你是這種個性的人嗎？」

「哎呀，本大爺可是數度打倒強敵，還協助妳尋找神器的善良人士耶，居然還這樣對我說話。」

「對對、對不起！不是啦，我不是這個意思……！嗯，我明白了。既然是這麼一回事的話應該沒問題吧，前輩應該也不會太亂來才對……應該不會吧？」

「……先別管這件事了，說是共同舉辦也只是先嘗試性地辦一次看看而已。以阿克婭的個性，只要辦過一次應該就會滿意了，明年就可以恢復原狀。」

「吶，你為什麼不肯說前輩不會亂來啊！真、真的沒問題嗎……還有，要是阿克西斯教團的祭典比較熱鬧的話，明年我的祭典會不會反而因此消失啊……不是啦，我、我也不是真的非要有祭典不可喔！」

儘管擔心以後還會不會有自己的祭典，克莉絲卻說出這種像是阿克婭會說的麻煩發言。女神是不是都這樣啊？

「先別管祭典的事情了。更重要的是，妳知道神器的下落了嗎？」

「嗯，我連地點都查清楚了。不過，那個神器好像被保管在一個有點棘手的地方。神器落入一個名叫安岱因的貴族手上，這個人好像有個喜歡收集怪東西的怪癖。」

喜歡收集怪東西的貴族。

都怪之前遇見的貴族太過奇葩，我心目中的貴族形象已經完全只有怪胎的印象了。

「既然對方是貴族，那拜託達克妮絲如何？請達克妮絲用他們家的權力疏通一下……」

「這招不管用啦。安岱因似乎是以非法手段弄到這個神器的，一定會裝傻啦。想要的東西無論用任何手段都要弄到手，他是個以此聞名的貴族。就算達克妮絲去找他談判，他也只要堅稱『我不知道那是什麼』就可以了事。」

我心目中的貴族形象果然糟到不行。

不知道所謂的非法手段是恐嚇還是竊取。

不過，既然是對付這種人，我們也可以不用顧慮，儘管使用非法手段吧。

「也就是說要用那招了吧，頭目。」

「嗯，就是要用那招，助手老弟。」

看來，我又要戴上那個面具了。

6

——去貴族宅邸勘查過之後，我一面煩惱著該如何潛入，一面回到豪宅。

而豪宅裡面，傳出先回到這裡來的阿克婭的吵鬧聲。

「達克妮絲——！拜託妳，等和真回來以後我會幫妳一起罵他！所以妳也差不多該從廁所裡面出來了吧——！妳把自己關在那裡面其實還挺讓我困擾的！負責掃二樓廁所的人不知道是誰一直偷懶沒清理已經塞住了！拜託妳啦，快點出來——快點出來——！」

阿克婭在一樓的廁所前面死命敲著門。

看來，達克妮絲把自己關在裡面了。

「我回來了。喂，怎麼了？什麼等我回來要罵我是怎樣？」

惠惠癱在大廳的沙發上，看來阿克婭已經陪她去發過爆裂魔法了吧。

「喂，你這個混帳尼特！都怪你到處散播達克妮絲的丟人祕密，害她回來的時候都快哭出來了！她說她只要遇到冒險者就一定會被調侃什麼『拉拉蒂娜大小姐，聽說妳的腹肌已經練到有線條了是真的嗎？』、『拉拉蒂娜大小姐，聽說妳被新郎拋棄了是真的嗎？』、『拉拉蒂娜大小姐長得那麼漂亮，離過一次婚還是找得到對象啦』之類的！快點出來啦達克妮絲，憑達克妮絲的條件一定馬上就可以找到新老公！我也不會再叫妳失婚妮絲了！所以拜託妳別生氣了！」

也不知道是想說服達克妮絲還是想讓她更不肯出來，白目阿克婭如此大吼大叫。

「喂，達克妮絲，待在裡面會給大家添麻煩，快點出來。再說了，我潛入達斯堤尼斯宅邸的時候說要把妳不可告人的祕密爆料給大家知道，那個時候叫我愛怎樣就怎樣的明明就是妳吧？不過，不好意思啊，拉拉蒂娜。」
廁所裡傳出「咚」的一聲搥門聲。
拉拉蒂娜似乎已經不哭了，現在進入相當憤怒的狀態。
過了好一陣子，她沒有回應阿克婭的呼喊，無論我說什麼也都沒有任何反應。
然而，繼續讓她一直窩在廁所裡面也真的很困擾。
「吶，我是有錯，但妳也有不對的地方吧？妳嗆過來我當然會嗆回去啊。我道歉就是了，咱們和好吧……我可以隨地解決所以不會受到太大影響，但是妳再不出來的話阿克婭大概快不行了，你就別氣了吧。」
「女神是不用上廁所的所以沒有快不行的問題！負責掃一樓廁所的是我！達克妮絲不肯出來的話，我就沒辦法完成例行公事！沒有別的理由！所以快點出來——！」
阿克婭一面扭來扭去，一面這樣吶喊。
這害我有點想多讓阿克婭著急一下，但是沒記錯的話負責掃二樓廁所的人應該是我。
要是這點被阿克婭追究的話就麻煩了，所以我決定對達克妮絲下達最後通牒。
「喂，達克妮絲。我們也認識這麼久了，妳應該很清楚我的個性吧？要是妳繼續把自己關在廁所裡面，到時候可會哭著道歉叫不要喔。」
對此，廁所裡面有了反應，冒出一道用鼻子哼笑的聲音。

然後，一直把自己關在裡面，一句話也沒有說的達克妮絲開了口：

「你才是，都認識我這麼久了，應該知道我能夠把大部分的事情都轉換為喜悅吧？怎樣，你想用你最擅長的口頭攻擊嗎？我占領著廁所。無論你說什麼，我只要摀住耳朵一直忍耐下去，比較不利的是你才對。達斯堤尼斯一族在忍耐方面無人能出其右……好了，咱們開始比耐力吧！今天在你道歉說出『請達斯堤尼斯大人原諒我』之前，我都不會走出這裡！」

…………

聽她這麼說，我緩緩拖著大廳中央的沉重桌子，放到廁所的門前面。

廁所位於大廳旁邊的走廊上。

將長度和走廊寬度差不多的桌子放過去之後，桌子便化為門擋，撐住了廁所門。

我對阿克婭耳語了幾句之後，便直接離開廁所前。

阿克婭目送著我離開，同時對著廁所門大喊：

「達克妮絲，和真剛才說要去達克妮絲的房間把斗櫃、衣櫥、床底下的東西全部翻出來，順從自己的慾望盡情發洩，然後就不知道跑到哪裡去了耶。」

廁所裡響起一個「匡噹」的巨響。

然後更傳出門板撞上桌子的撞擊聲，她大概是想開門吧。

我完全沒有理會那些聲響，走上通往二樓的樓梯……

背後一次又一次傳來門被桌子卡住的聲音，接著是達克妮絲的叫罵聲。

「和真——！住手！你這個混帳，快住手，卑鄙小人！喂，住手！住手……！這是在開玩笑吧？阿克婭，和真還在外面對吧？惠惠，和真還在外面對不對！」

達克妮絲的聲音漸漸變成不安的哭腔。

對此，倦怠地癱在大廳的沙發上，卻還是一臉傻笑地摸著睡在巴尼爾殼上的爵爾帝的惠惠，和阿克婭的應答共鳴了。

「「不在喔。」」

「和真，是我不對！對不……！等等，放我出去，我出不去啊！阿克婭、惠惠，放我出去！和真抱歉，對不起嘛！是我對不起你！請原諒我啊，和真大人！」

——不久之後。

「……嗚嗚，我最喜歡的內衣……」

「……呃，和真後來到底對達克妮絲怎樣了啊？」

我們大家一起吃著晚餐，同時討論接下來的事情。

「惠惠想知道詳情的話就問達克妮絲吧。先別說這個了，阿克婭，結果後來怎樣了？舉辦祭典的許可我幫你們拿到了，剩下的事情你們有辦法處理嗎？」

「當然，只要得到許可就沒問題了。剩下的包在我身上，我已經有想法了。」

獲得商店街會長的許可之後，我就把剩下的事情全丟給阿克婭他們了。

雖然心中有些許不安，但反正我也不是阿克西斯教徒，沒必要繼續插手。

我的期望，是讓艾莉絲教團和阿克西斯教團彼此競爭，炒熱祭典的氣氛。

都已經搧風點火成這個樣子了，接下來他們應該會自己越燒越旺吧。

競爭吧……競爭得越激烈越好……！

「喂，和真，祭典的許可是怎麼回事？」

「競爭……喔喔，商店街的會長答應我們，要以最能夠炒熱氣氛的方式，也就採用艾莉絲教團和阿克西斯教團共同主辦的形式來舉辦這次祭典。」

「你還真的取得許可了啊，到底是怎麼辦到的……不，以你的個性，反正不會是什麼正當手段，我還是別問太多好了。唉，為何早不搞、晚不搞，偏偏挑在我當代理領主的時候啊……」

說著，達克妮絲一邊嘆氣，一邊吃著義大利麵。

「嗯……這個義大利麵真好吃。應該說，今天的料理每一道都很好吃耶。雖然還不及我們家僱用的廚師，不過已經到了能夠在店裡賣錢的水準了。今天是誰負責下廚的啊？」

「是我做的……啊，對喔，妳因為和領主的那些騷動離開家裡了，所以才不知道。我學了料理技能。妳也知道，我得到了一大筆錢，所以今後只想悠悠哉哉地過日子。既然如此，與其學習有助於冒險的技能，不如學習能夠滋潤生活的技能還比較好吧？」

聽我這麼說，達克妮絲抱頭呻吟：

「你、你這個傢伙……在你學了逃走技能的時候我就有種不祥的預感，你到底想朝什麼方向成長啊……料理技能照理來說是只有廚師會學的技能喔。」

就算妳這樣說我也不知道該做何反應啊。

7

在那之後，阿克婭每天都到阿克西斯教堂報到，為了祭典做準備，除此之外日子一直都很和平。

然後，就在這樣的日子之中的某天晚上。

時刻已經過了深夜，到了再過幾個小時就會天亮的時間。

我和克莉絲站在我們的目標——安岱因宅邸前方。

「助手老弟，為什麼要選這種時段啊？再早一點不會比較好嗎？」

「現在是人類的睡眠最為深沉的時段。剛睡著沒多久的時候，只要稍微有點聲響就會醒來。我在日本和家人一起生活的時候，如果想偷偷下樓找飯吃，現在就是最佳時段。這是我在每一天的生活中培養出來的智慧。」

現在的我們不是佐藤和真與克莉絲，而是銀髮盜賊團的助手與頭目。

戴上那個面具的我，穿上了一身黑衣，揹著一大包東西。

今晚老天很賞臉，是陰天。

沒有星光和月光，四下籠罩在一片陰暗之中。

「我什麼都不會說了……先別說這個，你帶那麼大一包是什麼東西啊？包袱巾裡面是裝了什麼？」

克莉絲似乎很好奇我帶了什麼東西。

我背的是防撞用的吸音包材。

是我之前費盡苦心製作出來的氣泡紙。

原型一號被某個腦袋有問題的女孩用擰毛巾的方式給毀了，不過後來我又做了二號、三號。

畢竟要偷的是鎧甲。

直接搬出來的話會喀嚓作響，吵醒住在裡面的人。

聽了說明之後，克莉絲佩服地瞪大了眼睛。

「原來如此啊…………吶，助手老弟。那是日本也有的氣泡紙對吧？拿來押著玩的那個東西……我說，能不能讓我稍微……」

「別想押破任何一個。妳知道做這個有多麻煩嗎？別說這些了，快點行動吧。」

——我們融入夜色之中，前往貴族的宅邸。

老實說，這次的難度沒那麼高。

和潛入王城比起來容易許多，而且安岱因家雖然說是貴族，但勢力並沒有達克妮絲他們家那麼大。

宅邸前面沒有站崗守夜的警衛，我甚至懷疑裡面會不會有巡邏人員。

將千里眼技能的夜視能力發揮到十二分的程度，我貼在宅邸的牆壁上。

「這麼說來，我一直很好奇。既然頭目也是女神，難道沒辦法使用像阿克婭那樣的夜視能力嗎？」

「因為這個身體是我在凡間的假象，不像前輩是直接下凡，所以眼睛沒辦法看穿惡魔和不死怪物的真面目，也感應不到邪惡的氣息。相對的，我也不會發出女神氣場，所以不用擔心會被不死怪物圍攻。」

原來如此，不過這樣在像現在這種時候就不太方便了。

「那麼，頭目，請妳握住我的手。我在前面帶路。」

「助手老弟，不用握手也沒關係吧，之前進王城的時候我也有辦法跟上你不是嗎？」

「妳在說什麼啊，那個時候還有月光，今天晚上是連一顆星星也沒有的陰天耶。所謂一失足成千古恨。不可以因為感覺比潛入王城還要簡單就小看這次行動。乖，快把手給我……」

「佐藤和真先生，對我性騷擾的話會遭受嚴重的天譴喔。突然吃壞肚子的時候，想衝進廁所裡面都剛好會有人，就算好不容易及時衝進去，裡面的衛生紙也會用完。」

「我太得意忘形了，請原諒我。」

不同於阿克婭那種微妙的天譴，艾莉絲的天譴還真不是開玩笑的。

微微發抖的我沿著牆壁前進，來到宅邸的後門。

「今天就大大方方行動吧。反正也沒有守衛，靠感應陷阱技能和解鎖技能就可以輕鬆前進。更重要的問題，是偷到鎧甲之後。用剛才的包材能夠吸音到什麼程度呢……」

「這個問題就只能相信助手老弟製作的道具了。等到情況危急的時候，就像王城那個時候一樣強行突破吧！」

大概是想起當時潛入的始末，克莉絲一面開心地這麼說，一面開著鎖。

現在回想以來，那個時候我也有點開心。

而且不知道為什麼，那個時候的情緒莫名高漲。

「話說回來，助手老弟的面具果然很帥氣呢。你說那是在這個城鎮的魔道具店買的對吧？印象中你們豪宅的沙發上好像也擺了一尊戴著那個面具的奇怪人偶……等這個工作結束之後，也帶我到那間店去逛逛吧。」

「可以是可以……不過，頭目會不會找那裡的店員吵架啊？那間魔道具店的打工人員和阿克婭非常處不來，每次一見面就會吵架。」

「我才不會找人吵架呢。前輩真是的，不管跟誰都會吵起來……」

這麼說來，她說變成克莉絲的時候是假象。那不知道巴尼爾看見現在的克莉絲，有沒有辦法看穿她的真實身分呢？

克莉絲在變成這個身體的時候似乎無法使用女神的力量，說不定讓他們兩個見面也不會察覺到對方是誰。

……不不不，要是他們的真實身分不小心露餡而展開死鬥的話，我也會很困擾，看來還是別讓他們見面……

「好，打開了。我們走吧，助手老弟。」

8

如我所料，安岱因的宅邸裡連巡邏人員也沒有。
畢竟這個城鎮的犯罪率似乎比其他地方要來得低，這或許也是理由之一吧。
在沒有燈火的陰暗走廊上，我帶頭前進。
克莉絲使用感應寶物的技能，我們朝著有反應的方向前進，然而……
「頭目，不要一看到寶物就停在前面好嗎？我們拿了神器之後就趕快回去睡覺吧。」
「好、好啦，這個我也知道，只是該怎麼說呢，只要眼前有寶物，我的盜賊之血就會開始沸騰……一想到有這麼一個寶物就可以幫助多少貧困的孩子們，我的手就忍不住……」
路上每次看到繪畫和擺飾，克莉絲就會被絆住。
「要當義賊就等我不在的時候再當好嗎？而且既然要偷的話，到了寶物庫應該有價值更高，體積更小的東西吧？」
「說的也是。說來說去，助手老弟也開始了解當盜賊的道理了呢……你的等級應該練得滿高了，差不多是能夠轉職為其他職業的時候了吧？快點從冒險者轉職為盜賊吧。」

「我接下來打算要過的是舒適而頹廢的生活，所以還是維持在弱小卻能學習各種技能的冒險者比較好。我下一個想學的技能是『Create Earth Golem』。我想用這招製造魔像來代替我做家事。」

「……你真的很喜歡濫用魔法和技能耶。讓我以女神的身分說句話，我倒是希望你可以好好學習技能，準備對抗魔王之戰的說……」

我可是這個世界死最多次的人耶，對我說這種話也太強人所難了吧。

——靠著克莉絲的感應寶物技能一路前進，我們終於來到一個有著厚重大門的房間。

這時，我學了之後平常卻不常派上用場的技能之一——感應陷阱有了反應。

「看來他們再怎麼鬆懈還是會設置陷阱的嘛。我看看喔……哎呀，是警報陷阱啊……吶，助手老弟。」

「我又不是笨蛋，不會做出之前溜進王城時的那種舉動了啦……真、真的啦，別用那種眼神看我……」

在克莉絲解除陷阱時，為了保險起見，我也使用感應敵人技能探索四周，確認有沒有人醒來。

「…………？」

這不是敵人。

雖然不是敵人，我還是感應到寶物庫裡面有奇怪的氣息。

而且這不是人類的氣息，也不是怪物的氣息。

「好，成功解除了！鎖也打開了喔，助手老弟！」

說著，克莉絲把手放到門上……

「啊，等、等一下頭目，裡面……」

在我說出有關那個神祕氣息的事情之前，她就打開了門。

「……？怎麼了嗎，助手老弟？」

「怪了？」

寶物庫裡面沒有任何人。

原本以為是我搞錯了，但我依然感覺到氣息從某個地方傳出。

然而，寶物庫裡面只有大量的奇怪道具以及成堆的寶物……

「助手老弟、助手老弟，你看！這個東西相當有價值喔！」

「啊！頭目，妳太奸詐了，那是我先看上的耶！」

害我忘了那個氣息，開始專心物色起寶物來了。

「姑且告訴你，我們偷走的寶物要全額捐贈出去喔！即使對方是壞蛋，我們也不應該為了自己的利益竊取財物……」

「哇啊，這是什麼啊，也太閃了吧！感覺就很貴！哦，這顆奇怪的石頭是什麼？阿克婭好像在收集奇形怪狀的石頭，帶回去給她當紀念好了。」

「……助手老弟，你有在聽嗎？不可以喔，真的不可以喔！」

這時，我忽然察覺到一件事。

這個房間裡面有很多值錢的東西，卻沒有最關鍵的鎧甲。

「頭目，好像沒看到那什麼神器耶。」

「咦！怪了，真的耶。我明明有感覺到神器級的寶物氣息啊，怎麼會這樣？」

不禁又在意起剛才那個氣息的我，循著感應到氣息的方向看了過去。

那個方向上有一道牆壁，並沒有什麼不自然的東西……

「嗚哇！」

當我在牆壁上到處摸來摸去的時候，其中一部分突然凹陷進去，牆壁便像忍者屋的旋轉牆一樣順勢轉動。

「是暗門耶，幹得好啊，助手老弟。」

「別看我這樣，我對運氣可是很有自信，可能僅次於頭目而已喔。」

我們語帶輕佻地交談了一下，一邊就走進牆壁後面的房間。

——房間的正中央有一副鎧甲，像是被施加了封印似的，被鎖鍊層層綑綁著。

那副銀白色的鎧甲，讓人聯想到完成度極高的藝術品。

找不到任何一處接縫，表面滑順無比的全身鎧。

不知為何，即使是完全不懂鎧甲價值的我，光是看著它就開始心跳加速，甚至覺得只要能夠裝備這副鎧甲，就不會輸給任何人。

「這就是……」

「嗯。這正是聖鎧埃癸斯……這個世界最堅固的鎧甲，能夠為穿上它的人帶來勝利的神器。」

我們走近那副被綁住的鎧甲，仔細端詳。

「仔細一看，上面到處都是刮痕呢。」

我脫口而出的這句話，讓克莉絲感慨萬千地把手放在鎧甲上。

「……對啊。因為這副鎧甲在對付魔王軍時一直保護著它的主人。這副鎧甲的持有者無論在多麼激烈的戰鬥當中，直到最後都沒有輸給任何人。」

像是在一一確認鎧甲上面的每一個細小刮痕似的。

「直到主人因病過世的最後一刻，你都非常努力呢……」

克莉絲對著鎧甲輕聲這麼說，用放在鎧甲上的手輕柔地撫摸著。

啊啊，她的這種特質果然很像真正的女神呢——

就在我看著克莉絲的側臉，心裡冒出這種感想的時候……

『喂，小弟弟，不准隨便亂摸。』

一道男人的聲音突然在我的腦中響起，破壞了沉靜的氣氛。

而摸著鎧甲的克莉絲似乎也聽得到這道聲音。

「咦！小、小弟弟？是在說我嗎？不對，這是怎樣，等一下！剛才那個聲音是你嗎？聖鎧埃癸斯？」

『哦，怎麼，原來不是小弟弟啊。那妳再多摸一點也沒關係。那麼，我正式自我介紹一下吧。幸會啊，你們兩位。我是聖鎧埃癸斯。是會說話會唱歌的複合式神器。要用暱稱叫我的話，請用埃癸斯先生。』

喂，這個神器是怎樣，也太多話了吧。

我的感應敵人技能感覺到的奇怪氣息就是這個傢伙啊。

「呃……我的情報裡面沒有提到神器會說話，害我有點嚇到。事情是這樣的，埃癸斯……」

『我不是說要叫埃癸斯先生嗎，臭小子。』

「我才不是臭小子！而且你明明是個神器為什麼態度那麼囂張啊！」

「頭目，我們半夜闖進貴族宅邸不是來和無機物吵架的吧！別鬧了，先完成我們的目的吧！」

克莉絲開始狂搥那個嘴巴很壞的神器的胸口，而我制止了這樣的她，為了原本的目的而將背上的包袱放了下來。

克莉絲隨即換上認真的表情，把手放在她剛才還在搥打的鎧甲的胸口上。

「……對喔。埃癸斯……先生。我們之所以像這樣潛入這個地方，是因為想再次借用你的力量。我會幫你找到新的持有者。就像你之前的主人一樣，那個人也會是異世界人。來自一個叫作日本的地方，是即將來此拯救這個世界的人！」

說完，她像是要為埃癸斯打氣似的露出笑容……！

『嗄？妳在說什麼啊，為什麼事到如今我還得那麼做啊？我可不要喔！妳說想要借助我的力量，就表示要以鎧甲的身分保護持有者對吧？妳是白痴嗎？鎧甲挨打也會痛，這個帥氣的亮晶晶身體也會被刮傷耶！再說了，妳所謂的持有者是怎樣的人？是我看得上的人嗎？』

接著聽見埃癸斯的辱罵，她便帶著笑容僵住了。

「……那個，我不敢確實斷定，不過一定是充滿正義感與勇氣，又非常善良……」

『不對不對，內在怎樣不重要啦！重要的是外表，外表啊！是巨乳嗎？還是苗條型的？話先說在前頭，是小鬼的話我可不要。啊，比起美女型的，我比較喜歡可愛型。上一個主人是劍士，所以這次也是劍士系的比較好。鎧甲底下穿得越少越好。』

……

「我說，我們真的需要這副下流的鎧甲嗎？這種東西還是把它沉到海底去吧。」

「助手老弟，你的心情我很了解，不過這好歹也是神器。嗯，我真的非常了解你的心情，不過還是一起忍耐吧。」

原則上好像還是要把這副莫名其妙的鎧甲帶回去的樣子。

不發一語的我，默默從包袱裡面拿出包裝用的氣泡紙……

『嗯？喂喂，那個黑髮小鬼到底想怎樣……而且啊，我想問一下，你們是誰啊？這麼說來，你剛才說了「半夜闖進貴族宅邸」對吧？』

埃癸斯對我這麼說。

「對啦對啦，我們是擅自闖進來的啦。接下來我們要把你帶回去，好好交給下一個持有者。你是神器，是聖鎧對吧？那就應該要努力工作啊。」

用眼角餘光看著我的動作，克莉絲把手放到綁住埃癸斯的鎖鏈上面。

「從日本送來這裡的人很少有女生，所以大概很難滿足你的期望吧。不過，要是有女生過來的話，我會以你為優先……」

就在她說到這裡的時候。

埃癸斯以響徹整間宅邸的音量——

『擄人啊——！』

大喊著這種害我很想吐槽「你是鎧甲不是人吧」的話。

第三章 由幹練顧問搞定一切！

1

昨晚的遭遇真是太悽慘了。

都怪埃癸斯突然大叫，把住在宅邸裡的人都吵醒了，我和克莉絲連東西都沒辦法偷，只能倉皇逃跑。

我想應該沒有任何人看見我們才對，不過身為一個通緝犯還是相當提心吊膽。

在天亮以前回到家裡的我，因為奮力逃竄而亢奮不已的心情現在也已經平復，總算可以睡個覺……

「早安！和真，天亮了喔，快起床！」

在這時就被打擾了。

因為是正好在準備爬上床的時候被打擾，我一打開門便破口大罵：

「妳這個傢伙七早八早就跑來亂是怎樣！我從昨天就沒有闔眼，現在正準備要睡覺，給我安靜一點！」

不過我早就知道平常總是睡到和我差不多時間才起床的這傢伙，唯有今天可能會早起。

「什麼嘛——和真也睡不著嗎？可是，我知道和真為什麼睡不著喔！」

突然聽見阿克婭這麼說，我不禁一愣。

我回來豪宅的時候應該沒有被任何人發現才對，難道被她察覺到了嗎？

應該說，她該不會連我是去偷東西都知道吧？

這個傢伙說不定不是個普通的笨蛋——

「和真也是因為今天就要開始進行祭典的準備工作，所以期待到睡不著對吧？沒關係啦，這沒什麼好丟臉的，這可是祭典呢！」

看來對這個傢伙起了戒心的我才是笨蛋。

情緒莫名亢奮的阿克婭用力拉開窗簾，把衣服拿給穿著睡衣，表情一臉厭惡的我。

「祭典的準備工作從中午開始就可以了吧？這麼一大清早的要幹嘛啊……」

「和真真是的，你在說什麼啊？我們是冒險者耶！既然如此，當然是要去討伐怪物啊！」

……？

「不是祭典的準備工作嗎？」

「是祭典的準備工作啊。」

這個傢伙在說什麼啊？

「達克妮絲和惠惠都已經準備好了喔！乖，和真也快點準備吧！要不然只有我們落後別人的話怎麼辦！」

落後別人？

說真的，現在到底是怎樣？

我乖乖聽她的話換好衣服之後，接著整頓裝備——

來到冒險者公會的我剛打開門，就僵在原地。

「……這是怎樣？為什麼只有今天一大早就這麼多人啊？」

出現在裡面的，是為了接工作而聚集在公布欄前面的大量冒險者。

我完全搞不清楚狀況。

他們不久之前才剛和我一起獵殺了懸有重賞的多頭水蛇。

因此，他們的荷包現在應該還很飽才對。

然而……

「要去狩獵在山上築巢的小飛龍的人，請過來這邊！現在特別需要能夠使用『Bind』的盜賊，而且要對付的是空中的敵人所以也需要會用狙擊的弓手！雖然是強敵，不過報酬也因此特別高！參加者還差六名！」

「森林裡出現了大量的昆蟲型怪物——！由於數量龐大，我們也需要很多人手！任務內容是數十人單位的大規模討伐，職業、等級都不限！」

「平原上也出現了大量的草食型怪物，那邊也要拜託各位了。要是放著牠們不管，想吃牠們的大型怪物也會聚集過來，請各位在那之前驅除牠們。目前公會正在舉辦免費提供各種支援物資的特別活動！討伐報酬也會比平常更優渥！請各位把握這個機會，好好工作喔——！」

這樣的聲音四處交錯，人們也在裡面東奔西跑。

「吶，事情怎麼會變成這樣啊？」

心生疑問的我，這麼問站在身邊的阿克婭。

「當然是因為必須驅除這附近的怪物才能安心辦祭典，所以大家都很拚命啊。不同於強大怪物開始活絡行動的冬天，夏天是弱小怪物最有活力的季節。這個季節的怪物討伐報酬還會有加成，對於冒險者們而言是最好的賺錢佳機。」

原來是這樣啊。

不過，就算是這樣，之前才因為打倒多頭水蛇賺了一大筆錢的他們，應該也不至於這麼積極才對吧。

……這時，我看見一群熟悉的冒險者，便走到他們身邊問：

「嗨，你們也來啦。沒錢的達斯特姑且不論，你們大家是怎麼了？你們其他人應該還有錢吧？」

是達斯特他們的小隊。

仔細檢查著弓的狀況的奇斯聽見我這麼問，歪著頭表示：

「以和真的個性，我還以為你會率先參加這次大規模討伐耶。」

……為什麼我要那麼做啊？

「哎呀，和真不是那家店的常客嗎，會有這種反應還真難得。到了這個時期，男性冒險者無論如何都會優先參加大規模討伐喔。」

就連帶著無比認真的表情磨著劍的達斯特也這麼說。

「這是怎麼一回事？你們那麼期待祭典嗎？」

「祭典？喔喔，女性冒險者們前去驅除活絡行動的怪物們確實是為了舉辦祭典。因為女性冒險者很多都是虔誠的艾莉絲教徒嘛。不過，我們的理由不是那個。出現在這裡的男人們，大家都想去討伐森林裡的怪物。」

森林？

比起進森林，應該在城鎮附近狩獵怪物比較好才對吧……

應該說，既然其他冒險者們已經這麼努力了，我們不用那麼努力應該也沒關係吧？

正當我想要回去的時候——

在擁擠的公會裡面為冒險者們發放各種支援物資的男性職員說：

「各位，討伐森林裡大量出現的怪物，責任特別重大，各位要加油喔！今年是否能夠舒適地度過祭典的活動期間，就掌握在各位的手上！還請各位務必幫忙驅除暴增的怪物……！」

他如此大聲激勵冒險者們。

「……吶，是否能夠舒適地度過夏天，和解決森林裡的怪物有什麼關係啊？」

阿克婭回答了我的疑問。

「嗯？那還用說嗎，當然是因為怪物太多的話，鎮民們就不能進附近的森林裡工作了，會很傷腦筋啊。」

「不，這個我知道，可是這種事情又不侷限於森林，任何地方都會因此而傷腦筋吧？」

對此，惠惠開了口：

「是蟬。」

她忿忿地說了這兩個字。

蟬。

那個會知了知了地叫的夏日風情畫，原來這個世界也有啊。

「沒錯，若是森林裡充斥著怪物，抓蟬業者就無法工作，很麻煩的。抓蟬業者無法工作的話，當然就表示蟬會飛到鎮上來。而蟬會飛到鎮上來的時期差不多會和祭典的活動期間重疊。」

達克妮絲也帶著格外認真的表情這麼說。

「蟬飛來又怎樣，不就是夏天特有的現象嗎？他們在土裡住了很長的一段時間之後，只有在夏天用盡短暫的生命全力鳴叫耶。不過就是稍微吵了一點就要抓牠們也太可憐了吧，那只是人類自私的想法，我不喜歡這樣……所以，為了不讓那些蟬被欺負，我要回家睡覺了。」

說著，我正準備走人時，被達克妮絲和惠惠同時拉住我的後領。

「對喔，和真是個對這裡的常識不怎麼熟悉的呆瓜呢，我都忘了。聽好了，和真。這裡的蟬可是卯足了勁在活的喔。日本的蟬，壽命只有一個星期。不過，這裡的蟬充滿了魔力和生命力，壽命相當長，可以活到將近一個月之久。」

雙手抱胸的阿克婭開始說明。

就算活得再怎麼激烈也一樣吧。

「我知道了，一定是這裡的蟬有什麼奇怪的習性吧？比方說起飛的時候會分出臭味非常強烈的尿液之類？蟬尿個尿也不過分吧？而且再怎麼長命，也不過只有一個月不是嗎？就這點時間而已，別去鬧牠們啦。」

聽我這麼說，惠惠和達克妮絲互看了一眼。

像是想說「這個傢伙說這些是認真的嗎」似的。

「我說啊，和真。這裡的蟬和日本的蟬有兩大差異。第一，蟬叫聲的音量非常大。我想想，你就想像成是日本蟬的好幾倍好了。」

那麼吵的叫聲還要放大好幾倍。

好吧，這樣是很煩人沒錯，可是……

「還有……這裡的蟬即使是在晚上也會一直叫。」

煩死人了！

2

在城鎮附近的森林裡。

「那麼，對防禦有自信的前鋒職業，請在身上塗抹吸引怪物的魔藥！各位，雖然說對手只是低等的昆蟲型怪物，數量卻相當可觀，所以千萬別大意！」

帶著眾多冒險者的公會職員，在森林的中心如此廣播。

像這次這樣的任務好像就叫作大規模狩獵。

對付數量暴增到單一小隊難以討伐的怪物大軍時，在公會職員的指揮之下，聚集眾多冒險者小隊加以驅除。

平常不會跑到這種地方來的職員，在需要統領者的時候好像就會過來。

之所以會這樣，也是因為冒險者們多半都是些不具備協調性，而且自由自在的傢伙，要是沒有職員指揮的話很容易發生糾紛。

沒錯，比方說……

「身為代理領主，我來擋住所有的怪物！沒錯，我必須保護人民，這是我的職責！所以把魔藥全部交給我！」

「不可以啦，這不只是會吸引怪物的魔藥，要是大量塗抹的話，連怪物以外的生物都會開始攻擊妳喔！」

「那、那更是求之不得！」

像是這種傢伙。

「喂，變態，別給公會的人添麻煩。妳只要保護我們隊上的人就好了。」

「啊啊！怪物在夏天的攻勢特別猛烈啊，拜託你了和真，算我求你……！」

鬧著脾氣，嚷嚷著要大家把吸引怪物的魔藥全部交給她的達克妮絲被我拖到一旁去。

參加這個地點的驅除任務的人，加上我們大約有三十個。

似乎多半都是四到五人的小隊。

在這樣的一群冒險者之中看起來特別頑強的傢伙們開始在身上塗抹魔藥。

而達克妮絲也有樣學樣，將公會發的魔藥塗到身上……

「……妳、妳這個傢伙……到底有沒有聽到公會職員說了什麼啊？」

達克妮絲好像向職員多要了幾罐魔藥，然後大量撒在自己的身上。

然而，儘管我沒好氣地這麼說，達克妮絲卻表示：

「呵呵。平常老是叫你工作的我，自己卻沒有親上火線的話多不像樣啊。十字騎士是坦，我會擋住所有敵人。不過，今天的你似乎也格外有幹勁呢。防禦包在我身上，你儘管放心猛攻吧！」

或許是因為許久沒有出任務，達克妮絲做出如此帥氣的宣言，帶著充滿自信的表情無畏地笑了。

「那是當然。為了鎮民們的睡眠品質，雖然對不起那些蟬，我也只好將牠們連同怪物一起驅除了。今天的我和平常不太一樣喔，妳等著瞧吧！」

正如達克妮絲所說，今天的我格外有幹勁。

聽了這個世界的蟬的習性之後，我也知道其他男性冒險者為什麼那麼有衝勁了。是蟬。

沒錯，如果被整夜都在叫的蟬害得睡不好的話，那間會讓我們作美夢的店當然也就沒有意義了。

而且，還得忍耐長達一個月才行。

這時，或許是被我和達克妮絲煽動了……

「看來你們兩個都幹勁十足呢。那麼，我要討伐比任何人都還要多的怪物。和真，你就看著吧！」

像是要對抗這樣的我們似的，惠惠也露出很有自信的微笑。

既然如此，照這個趨勢看來，當然……

「……？怎麼了？你看我幹嘛？」

「奇怪？……沒事，沒什麼啦。我只是覺得大多在這種時候，大概都是妳會第一個得意忘形然後出包的吧？」

我這麼問了難得乖巧的阿克婭，結果她說：

「我說你啊——你以為我是何方神聖啊？我也是有所謂的學習能力好嗎！等著瞧吧，你們那麼得意忘形，到了討伐的尾聲一定不會有什麼好下場……聰明的我學乖了，太過得意忘形是不會有好下場的。」

「！」

我不禁懷疑是不是聽錯了什麼。

阿克婭她……

這個只要有所行動就會引發更多的麻煩，就算完全不行動也會被不死怪物團團圍住的阿克婭……！

目睹阿克婭的成長，淚水不由得從眼頭湧出……

「！你、你怎麼了？到底是怎麼了？和真，你為什麼在哭啊？」

將視線從聽起來有點不安的阿克婭身上移開，因為同伴的成長而感動的我，輕壓住眼頭。

或許是沒聽見我和阿克婭的對話，達克妮絲和惠惠一臉不解地看著我們。

「各位冒險者——！怪物已經聚集在一起，第一波攻勢就快要來了！公會這邊也準備好大量殺蟲劑。那麼，拜託各位了！」

這時，公會職員的聲音響徹四周——

攻過來的是昆蟲型的怪物。

牠們發出刺耳的振翅聲，勇猛地衝向身上撒了吸引敵人魔藥的冒險者們。

「哇啊——！喂……！數量太多了吧！請求支援——！」

某個前鋒冒險者如此大喊。

仔細一看，他正在被飛過來的，大小和小狗相仿，看似獨角仙的昆蟲圍攻。

雖然說大小只有和小狗差不多，但是威脅性也已經夠高了。

聽說，曾經發生過正在飛行的獨角仙撞上行駛中的車輛，角刺進了擋風玻璃的意外。

這個世界的獨角仙不知道會是太有幹勁還是怎樣，反正一定不是什麼好東西吧。

我一邊這麼想，一邊看著眼前的情景，只見飛過來的獨角仙們絲毫沒有減速，旋轉牠們嬌小的身體，扭轉犄角，用力一挖……！

「啊嗚！」

一名冒險者的腹部中了這樣的撞擊，瞬間說不出話來。

撞擊金屬的尖銳聲音。

穿著金屬鎧甲的那位冒險者的腹部……

「好痛——！可惡，稍微刺到肚子了！大家小心啊，便宜的金屬鎧甲會被刺出洞來！」

那位冒險者忍著痛以哭腔大喊，而獨角仙深深刺進了他的鎧甲裡面。

這裡的獨角仙也太有攻擊性了吧！

別的冒險者連忙幫那位冒險者將刺進鎧甲上的獨角仙拔了出來。

在此同時，腹部受傷的冒險者身上冒出微弱的光芒。

「嗚喔……！……喔喔，是恢復魔法啊！」

大概是阿克婭施展了恢復魔法，冒險者因為痛楚消失而驚叫出聲。

接著，以身為盾的冒險者們身上也冒出微弱的光芒。

因為阿克婭到處對冒險者們施展了支援魔法。

阿克婭今天是怎麼了，為什麼變成了一個如此能幹的女人……！

正當我滿懷感動與驚奇時——

「我可以擋下二十隻！我可以擋下二十隻！再來，再多來幾隻吧！」

在以身為盾抵擋接連飛來的怪物們的冒險者們中央，我們家的十字騎士承受著最多攻擊，同時興高采烈地如此大喊。

正如同達克妮絲剛才的宣言，今天的她有點可靠又帥氣。

同伴們表現得出乎意料地活躍。

我也不能繼續窩在這裡了。

公會發給我們竹筒製成的水槍，裡面裝的是殺蟲劑。

我將這種殺蟲劑噴向飛過來的昆蟲型怪物們。

其他冒險者們也接連開始噴灑，支援幫忙坦怪的那群冒險者。

飛來的不是只有獨角仙。

還有像是鍬形蟲的，也有像是螳螂的。

除此之外，還有各種類型的昆蟲型怪物飛了過來，而且每一種都很大隻。

原本以為不過是蟲子，但是再怎麼說也是怪物。

在到處都陸續出現傷患的狀態之下，阿克婭努力治療著大家。

而且絲毫沒有得意忘形，只是默默地在工作。

正當我為了掩護阿克婭而噴灑殺蟲劑的時候，有人用力拉了拉我的衣角。

「還沒嗎？和真，還沒輪到我出場嗎？」

目睹了大家的活躍表現的惠惠，看起來蠢蠢欲動，似乎很想發爆裂魔法。

看來她也很想大放異彩的樣子。

但是……

「不好意思，沒有妳表現的機會。畢竟現在是在森林裡面。就算讓妳發魔法好了，要是打到附近的樹木的話可是會造成嚴重的慘劇。今天妳就乖乖待在那邊……」

「『Explosion』——！」

像是在對我表示別想說到最後似的，惠惠突然施展了魔法，打斷我的發言。

我們所在的森林的上空高處。

那裡響起了巨大的爆炸聲，並且亮起令人目眩的閃光。

隨之產生的爆炸氣流劇烈地吹襲之後，剩下的只有倒在地上的冒險者們以及達克妮絲而已。

嬌小的昆蟲型怪物們似乎承受不住衝擊波的餘波，全都掉在地上，動彈不得。

聽著四處響起的呻吟聲，我看見不知道是怎麼躲過這一切的阿克婭。唯一一個幸免於難的她正在四處奔波，努力為倒在地上的人們施展恢復魔法。

而和我一起倒在地上的惠惠，嘴裡冒出這麼一句話。

「惠惠的等級提升了。」

「妳這個混帳！」

我猛然起身，將表情恍惚，一臉滿足地躺在地上的惠惠拖了起來。

「妳這個傢伙為什麼老是要做人家不准妳做的事情啊！妳看看這個慘況！記得要向大家道歉喔！」

「都怪和真要說沒有我表現的機會。而且這個城鎮的冒險者都已經很習慣爆裂了，沒關係啦。」

惠惠大大方方的擺爛，不過也如她所說，倒在四面八方的冒險者們絲毫沒有半句怨言，像是什麼都沒發生過似的站了起來。

這些傢伙也沒救了啊……

我走到大家身邊時，看見達克妮絲試圖起身，卻因為鎧甲太重而陷入了苦戰。

這樣的達克妮絲一面掙扎著想爬起來，一面表示：

「……怎麼搞的，感覺身體刺刺的。」

說完，她一臉莫名其妙地歪著頭……

我看了一下達克妮絲的鎧甲，愣了一下，便整個人往後退。

「妳……！鎧甲！妳的鎧甲上全都是螞蟻！」

仔細一看，倒在地上的達克妮絲全身上下都爬滿了螞蟻。

大概是因為她沒有理會職員的勸告，撒了大量吸引敵人魔藥的關係吧。

我和阿克婭一面從爬滿螞蟻的達克妮絲身邊退開，一面注視著她。

「啊啊……！喂，和真，拜託！該怎麼說呢，好癢！螞蟻好像爬進鎧甲裡面了，拜託你對我撒殺蟲劑，或是用『Create Water』灌水……！」

自己沒有辦法抓到鎧甲底下的身體，鎧甲又無法輕易脫掉，害得達克妮絲一面掙扎，一面尖叫。

麻煩死了，又是她自作自受，還是別管她好了。

不久之後，倒在地上的公會職員也爬了起來，而且似乎也已經很習慣粗野的冒險者們這種行動了，完全沒有抱怨。

「各位辛苦了。那麼，第二波也差不多要來了……」

……第二波？

在職員淡定地這麼說的同時，大量昆蟲振翅聲傳了過來。

恐怕是爆裂魔法的衝擊和震動，搖晃了整座森林，激怒了住在林木上的蟲子們吧。

「……這下子沒救了。」

「哇啊啊啊啊啊，和真先生——！我有一種非常不祥的預感！」

這次難得表現得很乖的阿克婭，露出略帶不安的表情如此大喊。

而她的預感似乎成真了，因為地盤被搗亂而憤怒，數量不下百隻的昆蟲們……！

「撤退，撤退啦——！」

聽我如此吶喊，附近的冒險者們和公會職員全都一窩蜂地四處逃竄。

「——嗚……嗚咽……我這次這麼認真、這麼努力……一點也沒有得意忘形，表現得這麼乖……」

和公會職員以及其他冒險者們一起走回城鎮的路上。

帶著因為被昆蟲圍攻而頭髮凌亂，不停啜泣的阿克婭，我沉沉地嘆了口氣。

唯有我背上的惠惠因為對成群的怪物發了爆裂魔法而顯得心情很好。

不，其他冒險者們雖然最後遭逢危險，但好歹也在相對安全的狀況下討伐了大量的怪物。

高額的討伐報酬會均分給所有人，所以大家也都相當愉悅的樣子。

然後。

「唔嗯……呼……呼……和真……和、和真……新感覺……這又是一種新感覺啊……」

鎧甲底下好像還有螞蟻在爬的達克妮絲紅著臉，脫口說出這種蠢話。這樣的她剛才明明還因為又痛又癢而哭喪著臉，現在看起來卻很滿足。

那個時候我為什麼要放棄所有財產去救出這個變態啊？

3

在那之後，我過著繁忙且充實的每一天。

早上出門討伐怪物，中午開始為了祭典的準備工作而奔走。

平常我對驅除怪物沒什麼興趣，但只要想到是為了那間店……不，是為了即將來臨的祭典而為，感覺就沒那麼痛苦了。

原本是繭居族的我，心裡難道也有著想要享受校慶之類的校園生活的想法嗎？

我幾乎每天都前去參加商店街的幹部會議，抱持著要讓這次祭典成功的單純心願，而提出各式各樣的建議。

——距離祭典還有一個星期。

「——為了提升各店的營業額，身為顧問的我覺得應該讓顧攤小姐都穿泳裝！」

我用力拍了桌子，以顧問的身分激動地如此表示。

「這個建議太棒了，真的是太棒了，但是！要是朝這個方向去做得太過火，警察很有可能介入勸導吧！」

「害怕警察勸導哪辦得了祭典啊！正如顧問先生所說，這招肯定能夠促進營業額的成長！哪有商人明知道有可以讓營業額成長的方法卻不去做啊！」

「不，會長擔心的點也不無道理。追求眼前的利益，卻導致明年以後的祭典規模縮小的話我們也會很困擾……可惡，要是有正當理由可以讓顧攤小姐穿泳裝的話就好了……」

煩惱的會長。

低吟的幹部。

看著這樣的大家，我提出了錦囊妙計。

「我有個主意。」

這句話，讓會議室裡的氣氛為之一變。

「你說什麼？」

「顧問先生，快說來聽聽！」

我看著這樣的他們說：

「今年的祭典在名稱上也掛了阿克婭感謝祭的名稱。沒錯，水之女神的名字會躍上祭典的布條。」

說到這裡，列席的幹部們都恍然大悟。

「既然是水之女神的祭典，就可以叫穿著泳裝的顧攤小姐到處灑水。如此一來，就可以堅稱只是讓她們穿著不怕弄濕的服裝而已。而且，聽說祭典的活動期間正是一年當中最熱的時候。那麼，這還可以說是兼具預防中暑的效果。萬一有人來抗議的話，就對他說『那要是有人因為中暑倒下的話你要負責嗎』這樣。公務人員最怕聽到負責兩個字了，這樣應該就能讓他們安靜下來。」

「天才啊！顧問先生真是天才！」

「真希望祭典結束之後可以請你來我們店裡給點建議！」

會議室裡的鼓掌聲不絕於耳。

「——吶，和真。祭典的執行委員會送了一份叫作『預防中暑暨女神阿克婭感謝祭概要書』的文件過來，我記得你也是幹部之一對吧？這到底是……」

「喔喔，因為祭典當天會很熱嘛。為了預防中暑，我們決定到處灑水，但如果到時候顧攤小姐們穿一般的便服工作的話可就完蛋了，被潑溼之後內衣透出來的話會非常不妙吧？這種時候身上是泳裝的話就不怕人家看了。當我還在自己的國家的時候，很少參加類似這樣的祭典。所以，無論如何我都想成功辦好這次的祭典……」

「這、這樣啊。抱歉，我不該以小人之心度君子之腹。如果是這樣就沒有問題，我會核可。說的也是，這是我們大家一起度過的第一個夏日祭典。一定要讓這次活動成功。」

就像這樣，我偶爾也會為還不習慣政治的代理領主達克妮絲提供一點意見。

——距離祭典還有三天。

顧問的工作也不是全部都那麼順利。

當然，我有時候也會和營運委員們討論得非常激烈。

「會用爆炸魔法的人都因為魔王軍在王都周邊頻繁活動而前去支援了。看來今年的煙火大會必須因為火力不足而取消。」

會長的這句話，讓我激動地破口大罵：

「你白痴啊！最好是有人取消煙火大會啦，你在想什麼啊！說到煙火就該想到ＹＵＫＡＴＡ（夏季和服）啊！祭典怎麼能沒有ＹＵＫＡＴＡ可看呢！」

「顧問先生，你冷靜一點！你說的ＹＵＫＡＴＡ，是從遙遠的異國流傳而來的那種ＹＵ

ＫＡＴＡ嗎？」

「不過是煙火大會和ＹＵＫＡＴＡ嘛，有那麼重要嗎？」

「顧問先生很期待那個什麼ＹＵＫＡＴＡ，這個我聽懂了。我也聽說欣賞煙火的時候要穿ＹＵＫＡＴＡ才符合禮儀。但是，既然沒有會用爆炸魔法的人，我們也無計可施啊！就連會用炸裂魔法的人都不知道找不找得到……」

「對著天空發射火球魔法也很寒酸啊……」

望著這樣的大家，我提出了錦囊妙計。

「我有個主意。我有個同伴會用爆裂魔法……」

「駁回啦駁回！這樣祭典本身會整個消失吧！」

「我要取消之前說你是天才的那句話！你是白痴！」

「早知道就不要找這種男人當顧問了，我那時候在想什麼啊……」

我的錦囊妙計沒有成效，幹部們紛紛口出惡言。

我找上離我最近的會長，揪著他的領子說：

「你說什麼啊混帳，你才該辭掉會長的工作吧！煙火大會是男人的浪漫，是夏天不可或

缺的重要活動！和穿著夏季和服的女生一起看煙火！這可是偷偷牽手也不會被對方拒絕的事件啊，居然說要取消這個活動，你在想什麼啊笨蛋！」

「臭小子，既然如此就給我提出更堪用的替代方案來啊！啊，你那隻手是怎樣，冒險者可以對老百姓使用暴力嗎！」

「大家上！這個暴發戶冒險者沒有多強，大家一起圍上去幹掉他！」

就像這樣，也會有和幹部們意見不合，無法達成共識的時候。

「——『爆炸魔藥使用許可請願書』……？喂，和真，你們要用這種東西嗎？不會很危險嗎？而且是說……你為什麼會渾身是傷啊？」

「那個魔藥是為了辦祭典不可或缺的東西。我肩負著眾人的意志，這次祭典絕不容許失敗。」

「好、好吧，既然你的表情都這麼認真了，想必所言不假吧。我知道了，我會核可。核可是會核可，但是……吶，說真的，那些傷是怎麼搞的啊？」

「對男生而言，有些事物是絕對必須保護的。這些傷是我在保護無法退讓的事物時得到的男人勳章。」

「這、這樣啊，我明白了，那我就不追問了。我也覺得不要多問比較好。」

說服了困惑的達克妮絲之後，我依然過著忙碌的每一天。

仔細想想，國中時代的校慶我也沒有好好參與。

這其實是我的任性，是想稍微找回以前沒有享受到的學生生活。

老實說，顧問的報酬只是次要。

我背對著臉上隱約表現出不安的達克妮絲，走向自己的房間。

我在內心暗自祈禱著這次的祭典能夠順利辦成。

——距離祭典還有……

——終於，祭典就將在明天開幕，今天是最後一天開會了。

為了完成我身為顧問的最後一項工作，我對著在這段短暫的期間內一起交換意見的同伴們提出了錦囊妙計。

「在我的國家一個叫作淺草的地方的祭典，有個名叫森巴嘉年華的活動。內容是一群打扮煽情的女人一面瘋狂跳舞一面遊行……」

「少騙人了，最好是有那種祭典！只會隨便亂講，算什麼顧問啊！你只是一個好色的小鬼罷了！」

「之前你也說過別的蠢話對吧，什麼有祭典會讓女人騎在巨大的男性性器模型上，然後眾人抱著那根東西在街上狂奔！最好是會有那種瘋狂的祭典啦！」

面對群情激憤的幹部們，我拍桌反駁：

「就跟你們說那些都是真的了，不准隨便說我是騙子！再說了，艾莉絲祭本身實在太樸實無華了！大家一起到艾莉絲教堂去祈禱是要幹嘛啊！就沒有其他招搖一點的活動了嗎，比方說大家扛神轎互撞之類的啊！」

「祭典原本就是神聖的活動，你想的祭典都太瘋狂了！」

「賺錢固然重要，但是我覺得這樣會失去更重要的事物！」

「你提出的每一個方案都太直接了！我不會說好色不好，不過你也稍微收斂一點吧！」

然後，當天晚上。

我和達克妮絲的交談都已經快要變成慣例，而今天的內容是……

「──和真，我可以請教一下嗎？」

「那我姑且給妳問一下好了。妳要問啥？」

「我不太懂這個『變裝遊行』企畫的意義在哪裡。」

我就知道她要問的是這個。

「女神艾莉絲會以偽裝的面貌下凡，為了眾人的福利而獨自活動，不為人知。妳聽過這件事吧？」

「聽、聽過……這在艾莉絲教徒當中是很有名的童話。所以每年到了這個時期，為了讓艾莉絲女神以原本的面貌享受祭典的樂趣，鎮上才會到處都是扮成艾莉絲女神的人。這是為了讓真正的女神可以混在裡面而不引人注目。」

是喔，我還以為只是普通的角色扮演活動，原來還有這種理由啊。

「這個活動的目的就是配合那個慣例，藉此炒熱祭典氣氛。也不見得非得扮成艾利絲女神不可。無論是要扮成勇者、公主、阿克婭女神都無所謂。在我的國家有個名叫KOMIKE（同人即賣會）的祭典，大家都會以各種角色扮演的面貌出現在會場。」

「這、這樣啊。好吧，我大概可以理解主旨是在炒熱氣氛了。主旨我是理解了……不過，這再怎麼說也是讚頌女神的祭典，要我批准夢魔的裝扮實在不太對吧……」

「你在說什麼啊，難得辦個祭典耶！想要偶爾以原本的面貌現身，舒展身心的，可不是只有女神啊。有什麼關係嘛，反正是祭典，有幾個穿得比較性感的女生在鎮上稍微走動一下又不會怎樣，這種時候別講什麼禮數了啦。」

「確實是不應該講禮數的場合……嗯？不對，等一下，你在說什麼啊？照你這個說法，簡直像是除了女神以外還有人悄悄融入這個城鎮之中似的……」

「廢話少說趕快蓋章啦，這是男性冒險者們的共同訴求！而且大姊姊們已經答應我們，只要這個企畫通過了，她們就會以貨真價實的夢魔打扮參加活動！」

「你說的大姊姊到底是哪來的大姊姊啊，應該說你也太拚命了吧！我知道了，我蓋章就是了！居然會想打扮成那種特立獨行的模樣，到底是一群怎樣的女人啊……」

如此這般，祭典的準備工作在兵荒馬亂之中進行得還算順利。

不久之後，祭典當天終於來臨——

4

『各位對這一天期待已久的阿克塞爾居民們，大家都準備好了嗎？現在，我在此宣布，艾莉絲&阿克婭女神感謝祭正式開始！』

『唔喔喔喔喔喔喔喔！』

擴音魔道具傳出的活動開始宣言響徹整個城鎮。

同時，各種魔法飛上了天像是在慶祝祭典開始，地上也響起不輸魔法效果的歡呼。

「已經是早上了啊……」

今天是祭典開始的日子。

為了彌補之前每天都在工作的份，我從昨天晚上就開始打阿克婭從紅魔之里帶回來的電動，現在聽到外面的騷動才發現已經天亮了。

餓著肚子的我下了樓，只看到惠惠一個人在吃早餐。

「和真早安。阿克婭也是、達克妮絲也是，大家今天都起得很早呢。」

「不，我不是剛起床，只是從昨天晚上就一直窩在棉被底下打電動。話說回來，她們已經起床了喔？可是不見人影耶，她們上哪去了？」

「阿克婭好像興奮到從昨天晚上就睡不著，天一亮就出門去了。」

簡直就像是期待遠足而睡不著的小朋友。

「達克妮絲聽到我說阿克婭出門去了，也急忙衝了出去。她好像說要監視阿克西斯教團，以免他們捅出什麼摟子來。」

「那個傢伙當上代理領主之後好像很辛苦呢。惠惠不去逛祭典嗎？」

「不，我猜芸芸在這難得的祭典期間大概找不到人陪她一起去，現在應該快哭出來了，所以我想去找她。我要看她在我眼前晃來晃去，卻不敢開口問我要不要一起去逛祭典，然後調侃因為不敢邀我而焦急不已的她。和真也要一起去嗎？」

「妳、妳這個傢伙，既然都要做到這種地步的話乾脆陪她一起去吧。我要小睡片刻，等到傍晚再去祭典的攤販只看不買。」

「我覺得睡到那個時候已經不叫小睡片刻了吧……對了，和真，祭典第三天的晚上你有空嗎？」

吃完早餐的惠惠一面喝著茶，一面悠哉地這麼問我。

「第三天？我應該只會去攤販只看不買，到處閒晃而已吧，怎麼了嗎？」

「沒有啦，因為祭典第三天有煙火大會。畢竟這次祭典也有阿克西斯教徒參與，我實在不覺得會那麼順利，所以事情不到當天都還很難說……如果能夠一路順遂的話，就和我一起去看吧。」

惠惠說完，還沒等我回答，就拿著吃完早餐的餐具走進廚房裡去。

……對喔，還有煙火。

和女生一起去參加祭典看煙火。

這是怎樣，感覺好青春啊！

——當天傍晚。

因為發生了出乎意料的煙火事件而遲遲無法入睡的我，對於鎮上和平常不同的熱鬧氣氛感到有點膽怯。

對繭居族而言，人群是天敵。

越靠近商業區，人也變得越多。

阿克塞爾商業區的入口拉了一大條橫幅，上頭大大寫著艾莉絲女神感謝祭的字樣。

然後，旁邊還寫著小小的阿克婭女神感謝祭。

為了確認狀況，我決定先去劃分給阿克西斯教團的區域。

天色已經完全變暗，路燈也亮了起來。

平常就很熱鬧的商業區大馬路現在更是人聲鼎沸，充斥著冒險者、一般民眾、商人等等各種身分的人群。

到處都擺滿了攤子，四處都是一片喧囂。

如果阿克婭他們負責的區域也這麼熱鬧就好了。

儘管我如此擔心，阿克婭他們負責擺攤的地方，卻有著發生糾紛的跡象。

5

「沒有經過核可就販賣這種怪東西會造成我們的困擾！為什麼你們阿克西斯教徒老是這

麼愛搞出問題來啊！」

「說成這種怪東西也太失禮了吧，阿克婭大人好不容易想出這種店來，你們卻想要雞蛋裡挑骨頭嗎！」

正在和別人發生糾紛的是賽西莉。

她和巡視祭典的警察起了爭執。

「喂，妳到底在幹嘛？我叫你們炒熱祭典的氣氛，不是叫你們和別人吵架。你們就非得在我不注意的時候鬧到被警察關切才甘心嗎？」

眼看著就要和警察扭打起來的賽西莉一見到我就說：

「啊啊，你來得正好！聽我說啦，和真先生，這個男的跑來找碴，叫我們不准做生意！」

「誰找你們的碴了，誰會准許你們賣這種怪東西啊！」

他們到底在吵什麼啊？

我探頭看了一下攤子，看到一個裝了水的大盆子，裡面有很多蝌蚪在游泳。

「……這是什麼？」

以蝌蚪來說，牠們好像有點大。

就在這個時候——

「阿克婭大人說了，說到祭典就會想到撈金魚。但是大姊姊我不太清楚撈金魚是什麼，不過也已經很努力想辦法重現了。因為我找不到野生金魚，就用蝌蚪將就一下，然後像這樣擺了攤，可是……」

賽西莉一面這麼說，一面一臉傷腦筋地看著我，像是要我想辦法解決。

不，釣這種東西能幹嘛啊。

應該說，這是……

「吶，這些蝌蚪好像有點大耶？這真的是蝌蚪嗎？」

就像是要回答我的疑問一般……

「總之，你們在這種地方賣還沒長大的巨型蟾蜍會造成困擾！這些傢伙沒多久就會長大了妳知道嗎？要是大家買了這些回去，過了幾個月之後鎮上到處都是蟾蜍的話怎麼辦！」

「喂，直接把殺蟲劑灑進水裡面吧。」

聽警察那麼說之後，我立刻決定撲殺，而賽西莉連忙阻止了我。

「住手，不要破壞我的攤子！阿克婭大人說了，和真先生一定也會覺得很懷念、很開心吧！你也喜歡撈金魚對吧！」

「我是很喜歡撈金魚，但是誰要撈這種不可愛的東西啊！放生也只會讓牠們繁殖而造成大家的困擾，不想負責驅除的話就把牠們扔得遠遠的！應該說，只要幫你們爭取到舉辦祭典的許可就沒問題了，那句話現在是不算數了嗎！」

聽我這麼說，賽西莉「哼哼」地嗤笑了兩聲。

「你該不會以為阿克西斯教團引以為傲的攤子就只有這一個吧？為了這一天，我們聚集了鎮上的所有阿克西斯教徒，大家一起絞盡腦汁想出很多主意喔！」

說完，賽西莉指的地方，有著數量超過三十的各種攤商。

原來這個鎮上除了賽西莉以外還躲了這麼多阿克西斯教徒啊，簡直會讓人聯想到「看到一隻就要當成還有三十隻」的那個東西。

逛攤子的客人也出乎意料的多，頗有人聲鼎沸的感覺。

這些傢伙也還挺努力的嘛，瞬間有點佩服的我忽然發現，那些攤商的人聲鼎沸好像不太對勁——

「要不要吃烤海怪啊——？還沒長大的海怪製成的，非常稀奇的烤海怪！好吃喔——！」

「吶，這只是普通的烤魷魚吧？味道吃起來和魷魚沒有兩樣耶……」

「你在說什麼啊，你又沒吃過真正的海怪。這是烤海怪沒錯，千真萬確。真的，阿克西斯教團向你保證！」

有個顧攤小姐在賣烤海怪而不是烤魷魚。

「來來來，這裡是搜奇博物館！這裡面有某位勇敢的阿克西斯教徒抓到的奇妙生物，是半魚人和美人魚生下來的稀奇混種生物！……啊！這位客人，在店內大吵大鬧會給我們添麻煩啦！」

「開什麼玩笑啊，還錢喔混帳！裡面只有放了一條大魚的水族箱啊！」

「我不是說了嗎，那是半魚人和美人魚生的混血兒！」

……還有已經和客人起了糾紛的搜奇博物館。

「要不要玩射擊遊戲啊——成功射中標靶的眉心就可以得到豪華獎品……」

「等一下，那個人形標靶也長得太像艾莉絲女神了吧！你們別太過分了，哪有人褻瀆艾莉絲女神到這種程度的啊！」

「嘖，祭典第一天就已經有艾莉絲教徒來妨礙我們了嗎！警察先生——這邊，過來這邊！快把這個艾莉絲教徒抓走……啊啊，你做什麼，你該取締的不是我的店而是這個女人……！」

……甚至還有攤商已經被警察強制撤除。

而且——

「大姊姊，這是真的龍嗎？」

「是啊，當然是真的龍。現在阿克西斯教團正在流行養龍呢！一隻只要五百艾莉絲。好了，你也買一隻吧。」

還有個笨蛋大概是把隨便抓來的蜥蜴塗上顏色，然後堅稱是龍想要硬逼小朋友買下。

「咦咦……五百艾莉絲已經是我所有的零用錢，買這個就沒辦法買別的東西了耶。而且我覺得牠們看起來很像蜥蜴。」

「這樣啊，太可惜了。不過這樣一來，這些孩子們就會賣不出去了。當然，沒有賣出去的龍也不能放回野外，因為這樣太危險了。唉，如此一來，這些孩子們只能送去衛生局了吧……要是在那裡還是找不到飼主的話，這些可憐的龍一定會被安樂死……」

那個小朋友把那個笨蛋嚇唬他的說詞當真，焦急了起來。

「怎、怎麼會這樣！那些是蜥蜴吧！隨便找個地方放生牠們就好了吧！」

「你在說什麼啊，這是貨真價實的龍族喔！你不買嗎？為了牠們著想，你真的不要趁現在買下牠們嗎？」

眼見那個小朋友糾結到一臉快哭出來的樣子，那個笨蛋開始攻擊小朋友的良心。

「嗚嗚……可、可是，買下去的話我真的就沒有零用錢了……」

「是喔，你確定真的不買是吧！你一定會後悔喔！天啊，這些可憐的小龍這下肯定會被送去衛生局了啦！」

「小心我把妳買的小雞送去衛生局喔混帳！哪有人這樣對待小朋友的啊，妳這個大笨蛋！」

我對準阿克婭的後腦杓用力打了下去。

6

「妳是因為自己買到假冒的龍，就想量產同樣的受害者來洩憤還是怎樣嗎？」

「和真在說什麼啊，你不知道嗎？在祭典這種場合，攤商就算稍微有點敲竹槓或是詐欺的嫌疑也是可以原諒的。日本的祭典也是這樣對吧？還有，爵爾帝是貨真價實的龍族喔！」

帶走在賣蜥蜴的阿克婭的我抱頭苦惱。

目前為止沒看到任何一個正常的攤商。

看來全部交給這些傢伙果然是錯誤的決定，就算要煽動阿克西斯教團和艾莉絲教團彼此對立，阿克婭他們也太不可靠了。

「你們的所做所為已經不是『稍微有點』的程度了吧，妳這個笨蛋！而且這裡不但一點也不熱鬧，就連客人們也受不了你們了吧。還有，達克妮絲說她會來祭典巡視。要是那個腦袋頑固的傢伙知道這個慘狀，大概再也不會答應讓阿克西斯教團參加祭典了。」

聽我這麼說，阿克婭總算理解了目前的狀況。

「不、不然你看這攤！和真，我對這攤很有信心！這是唯一一攤真正的良心事業，而且也是目前賺了最多的攤商！」

說著，她拉著我來到某個攤商前面。

在劃分給阿克西斯教團的區域的角落，有個小小的攤商。

被她帶到這裡來的我，意外發現攤商前的人群還不少。

……接著，在我看見顧攤小姐之後，差點軟腳。

正在顧攤的，是灰頭土臉的克莉絲。

「我看克莉絲晃來晃去好像很閒的樣子，就抓她來幫忙顧攤了！」

她到底在幹嘛啊，我說真的。

艾莉絲教的女神，為什麼會變成阿克西斯教的顧攤小姐啊？

眼神隱約已死的克莉絲抱著膝蓋坐在地上，有氣無力地對我揮了揮手。

我看了一下她擺的是什麼攤，結果好像是抽籤遊戲的樣子。

「喂，再一次！再讓我抽一次，拜託！」

「等一下，我先啦！我已經花了很多錢在這裡了耶！」

花錢買籤，抽到中獎籤的話賭金就會翻倍。

明明只是這麼單純的攤商，客人卻相當多，而且不知為何，大家都玩得非常瘋狂。

一名男性客人以幾枚艾莉絲硬幣為代價，從克莉絲遞出來的三張籤當中抽了一張。

男子戰戰兢兢地打開來一看……

「可惡，又是銘謝惠顧！喂，把剩下的籤打開來看！」

在男子的吩咐之下，克莉絲打開留在她手上的兩張籤。

兩張籤上面都寫著恭喜中獎。

啊，三張裡面只有一張是銘謝惠顧啊。

照理來說不會中的機率只有三分之一，這個賭注應該對客人有利才對。

但是……

「好，這次我一定會抽中！既然找不到詐賭的證據，我應該差不多可以抽中了才對！」

「明明也沒有施展過祝福魔法的跡象，為什麼老是我們賭輸啊……？喂，差不多該收手了吧。」

「再一次就好！我已經不在乎回不回本了，總要抽中一次我才會滿意！我哪能在全都抽中銘謝惠顧的狀況下走人啊！」

明明應該是對客人有利卻一直賭輸，結果就沖昏了頭，騎虎難下了是吧。

但無論如何他都不可能贏過這個對手，畢竟那個女孩可是……

「好，這次一定會中！幸運女神艾莉絲，請保佑我抽到中獎籤！不然我就要改信阿克西斯教了！」

「咦咦！等、等一下！」

男子的發言讓克莉絲慌了起來，但為時已晚。

男子再次抽了籤……！

「就決定是這一張了！……可惡啊啊啊啊啊！我最討厭艾莉絲女神了——————！」

「怎、怎麼這樣——！」

似乎又抽到銘謝惠顧的男子丟下籤紙，克莉絲則是淚眼汪汪地放聲慘叫。

「太厲害了克莉絲，勉強拜託妳來幫忙真是太值得了！沒想到妳不只幫忙顧攤，還可以讓艾莉絲教徒改信！我前陣子在多頭水蛇之前住的湖裡撿到一顆奇形怪狀的石頭，不然送給妳當成謝禮好了。」

「我才不要！啊啊……我珍貴的信徒……」

這個人到底在幹嘛啊。

反正大概又是阿克婭耍任性，讓她無法斷然拒絕吧……

儘管大受打擊的克莉絲顯得垂頭喪氣，剛才還在和警察吵架的賽西莉也來到這裡。

「阿克婭大人，我們該如何是好……因為那個堅持許久的客人放棄了，終於連這個抽籤攤也沒客人了……看來，是時候推出我建議的那個攤販，也就是賣瓊脂史萊姆的時候了吧？」

「也對……看來只剩下這一招了。」

「喂，別賣那種奇怪的東西好嗎，我幫你們出主意就是了！」

7

真是的，事情到底是為什麼會弄成這樣？

我原本沒有要努力工作的打算，但是以現在的狀況，阿克西斯教徒根本不是艾莉絲教徒的對手。

別說炒熱祭典的氣氛了，再這樣下去很可能會自然消滅。

相對的，艾莉絲教團那邊則是以只算材料費的價格推出各種攤商，博得客人們的歡心。聖歌隊合唱著讚頌艾莉絲的歌曲，到處都有人一邊感謝艾莉絲，一邊一次又一次乾杯。沒什麼新穎的感覺，真要說的話比較有古色古香的祭典氛圍，不過看著艾莉絲教徒們帶著笑容以及奉獻精神為大家提供酒水，真讓人覺得難怪會有艾莉絲女神感謝祭這種活動……

「──和真，我應該做什麼啊？」

「這種時候最應該表演宴會才藝了吧，現在正是妳的能力派上用場的時候。攬客到了一個段落之後，妳也來幫忙煮東西。賽西莉負責應對客人。克莉絲來幫我煮東西。」

「這樣啊，我只要招攬客人就可以了是吧。那就包在我身上吧。」

「大姊姊負責發揮魅力把東西強行賣給男性客人就可以了吧，包在我身上。」

「吶，結果我還是得幫忙嗎！」

我對大家做出指示之後，以俐落的動作開始煮東西。

醬汁開始在商業區飄香。

不知道是不是被這個香味吸引來的，不久之後……

「好，下一位！美乃滋多多海苔粉增量是吧！喂，阿克婭，多切點高麗菜來！克莉絲幫忙處理豬肉！」

「和真，讓我負責豬肉好不好？今天的高麗菜太有活力了，非常凶暴！」

「我也很怕高麗菜啊！助手老弟，不然換我炒，你來負責高麗菜啦——！」

在處理高麗菜的阿克婭陷入苦戰之際，克莉絲儘管嘴上抱怨，手上依然以熟練的動作切著豬肉。

「真拿妳沒辦法啊。克莉絲，好好見識本小姐的刀法吧！……咕嘟，夏季高麗菜的清脆口感最棒、最好吃了。」

「咕嘟……嗯——我最喜歡的應該是春季高麗菜吧。冬季高麗菜的個性太火爆了，最怕的是會飛的秋季高麗菜……」

「妳們兩個不要在這麼忙的時候偷吃可以嗎！久等了，豬肉丁多多麵硬大份的好了！」

在我開始料理之後，攤商的生意顯然有了起色。

我賣的是日本祭典必定會有的料理，大家都喜歡的ＹＡＫＩＳＯＢＡ（日式炒麵）。

在日本人來到這個世界之後，也把地球的各種料理帶了過來。

不過，儘管味噌湯、炸雞、漢堡排等等常見的料理大致上都已經問世，卻依然有尚未完整流傳過來的料理。

「這個叫ＹＡＫＩＳＯＢＡ的東西還真好吃！醬汁更是妙不可言！」

「就是說啊，光是聞到這個香味肚子就餓了！」

「小哥，我要美乃滋多多高麗菜大量麵硬！」

「謝謝，我知道了！喂，賽西莉，幫我把點單寫下來……呃，連妳都在偷吃高麗菜啊！」

炒麵醬汁對這個世界的人來說好像是一種新口味，大家都吃得津津有味。

從日本來的那些人就算知道料理該怎麼作，大概也不知道醬汁的配方吧。

必須混合多種香料才作得出來的咖哩和大阪燒醬汁之類的，像這種需要專業知識的料理，我在這個世界都沒看到。

至於我為什麼有辦法作出炒麵醬汁……

「居然有學了料理技能的人出來擺攤，今年的祭典還真是豪華啊！要是阿克西斯教徒明年也會參加就好了。」

「我記得那個廚師名叫佐藤和真，是個挺有名的冒險者對吧？那個傢伙連料理都會啊。」

沒錯，都是多虧了我之前學的料理技能。

沒想到為了提升日常生活水平而學的技能居然會在這種地方派上用場。

而且，來自日本的轉生者們並不會學料理技能。

應該說他們沒辦法學。

因為，得到各種外掛的他們根本沒必要選擇最弱的職業。

如果艾莉絲教團的祭典是重視傳統，這邊就用現代風格的祭典來對抗。

不知道是因為新穎，還是因為罕見，儘管賽西莉偷偷用阿克西斯教團的入教申請書來包炒麵，這個攤位還是意外獲得了好評。

阿克婭見狀，眼睛閃閃發亮地說：

「和真，大家在誇獎阿克西斯教徒耶！我覺得這種感覺好新鮮喔！」

「需要副餐嗎～～要不要搭配瓊脂史萊姆啊～～口味香甜，口感Q彈的瓊脂史萊姆喔！」

「喂，不准提供被列為違禁品的史萊姆，幹嘛搭配那種莫名其妙的東西！呼哈哈哈，看吧阿克婭，做人還是老實做生意才會賺錢！誠心誠意不敲竹槓才是上上之策！……而且看這個人潮，我乾脆正式開店賣吃的好像也不錯！喂喂，雖然我已經賺到不需要工作的財產了，不過這還真是讓我笑到合不攏嘴啊！」

「助手老弟……我覺得艾莉絲教徒那邊攤位的客人好像也被吸到這裡來了，我到底在幹什麼啊，真的是……」

當天晚上。

在大筆虧損的阿克西斯教徒的攤商當中，唯獨炒麵攤賣出了盈餘。

8

「——那麼，今天的營業額就像這樣……」

「「「「喔喔喔喔喔！」」」」

商店街的幹部在會議室齊聚一堂。

聽見祭典第一天的營業額報告之後，在場的所有人包含我在內都放聲驚呼。

「營業額是往年的兩倍以上啊，今年的祭典太成功了！」

「一切的一切都要歸功於顧問先生讓艾莉絲教團和阿克西斯教團彼此競爭的建議啊！阿克西斯教徒的營業額好像不是很理想，不過艾莉絲教徒受到他們的煽動，倒是幹勁十足。」

「是啊，希望阿克西斯教徒可以更努力一點，不過這樣也已經算是表現得不錯了吧。阿克西斯教團的攤商當中，這個賣ＹＡＫＩＳＯＢＡ的攤子的營業額還算優秀。這個攤子好像是今晚在祭典快要結束的時候才開始擺的，明天似乎會更早開始營業。這樣一來應該相當值得期待吧。」

雖然在活動開始前大吵了一架，不過看見如此的成果，大家都一臉笑瞇瞇地看著我。

關於這個城鎮的祭典，代替領主負責舉辦祭典的商店街幹部，可以得到祭典期間收取的稅金的一部分作為報酬。

當然，身為顧問的我也拿得到一份。

所以，對我們幹部而言，老實說，無論獲得勝利的是哪個教團，只要有賺錢就可以了。

「其實那個炒麵攤，是因為阿克西斯教團實在表現得太不可取，我才重現了我的國家的料理讓他們賣。明天起也包在我這個顧問身上。其實我還有很多錦囊妙計沒用呢。」

「「「喔喔！」」」

在場的幹部們都改以尊敬的眼神看著我。

「不愧是佐藤先生，聽說前一陣子維茲魔道具店的生意格外興隆也和你有關，原來那不只是傳聞啊！」

「這樣啊，難怪你可以在這麼短的時間內大賺一筆！」

「這下子接下來幾天也相當值得期待呢！」

哎呀，聽他們這麼誇獎我還真有點害臊。

我只是試著重現日本的祭典而已啊。

「好吧，包在我身上。身為顧問，明天開始我就要拿出真本事來了。」

「「「「喔喔喔喔！」」」」

於是，祭典的第一天就此結束。

9

「……和真，你接下來該不會是要去幫阿克西斯教團的忙吧？」

艾莉絲&阿克婭女神感謝祭第二天。

天色已經完全暗了下來，也到了鎮上的人們開始往商店街集合的時刻。

我正打算走出豪宅時，眼睛底下出現了大大的黑眼圈，一臉疲態的達克妮絲以鬱鬱寡歡的聲音這麼叫住我。

「是啊，我是這麼打算沒錯……妳是怎麼了，臉色很差耶。」

躺在沙發上的達克妮絲翻了個身，渾身無力地閉上了眼睛。

「我的臉色當然會變差，沒想到領主的工作有這麼累……陳情案件的量多到跟祭典之前根本沒得比。好像有個不知道在想什麼的笨蛋，把還沒長大的巨型蟾蜍放流到之前住了多頭水蛇的湖裡……其他像是抱怨搜奇博物館根本是詐騙、進鬼屋被扮成殭屍的阿克西斯教徒摸遍全身之類的……」

怎麼辦，有好幾個案子我心裡都有底。

「除此之外，還有阿克西斯教徒大軍壓境到艾莉絲教徒的攤商鬧場，叫他們交保護費、要求處理一下穿泳裝的顧攤男子、有人逼小朋友買下著色蜥蜴等等……！」

總之，我決定先幫達克妮絲泡一杯茶再說。

達克妮絲接過茶之後，有氣無力地喝了一口，千頭萬緒地嘆了口氣。

「謝謝你……我總覺得自己這幾天好像一下子變老了很多……」

「妳好像很辛苦啊……不過，平常人家跑來抱怨，害我得去替妳們道歉的時候差不多也是這種感覺，妳可要記住喔！話說，妳昨天收到的陳情大部分好像都跟我有所牽扯，不過我想今天開始應該會減少才對。妳再稍微加油一下吧。」

或許是因為已經非常耗弱了，聽我這麼安慰她，達克妮絲溼了眼眶。

「謝、謝謝你……！最懂我的就只有你一個了……！仔細想想，我們平常真的給你添了很多麻煩，真是苦了你……不對，等一下，你後半句說了什麼……」

為了幫阿克西斯教團炒熱氣氛，我沒有聽達克妮絲說完就離開了豪宅。

——抵達阿克西斯教團的區域時，我看見和昨天因為不同意義而聚集的人群。

「來喔來喔！某國的祭典料理，ＹＡＫＩＳＯＢＡ就在這裡！」

「森林裡抓來的野生章魚做的章魚燒也很好吃喔！章魚切得很大塊，口感彈牙，很好吃喔——！」

「要不要吃刨冰——！要不要吃好吃的刨冰——！草莓口味、檸檬口味、鳳梨口味、紅豆口味、史萊姆口味都有喔！」

儘管有些許不同，不過呈現在我眼前的，是近似日本祭典的光景。

「啊！和真，你很慢耶！你看我們的生意有多好！你白天幫我們做的冰塊已經沒有了！水我可以幫忙變出來，你趕快做冰塊——！」

眼尖的阿克婭找到我，便抱著裝冰塊的容器急急忙忙衝了過來。

四處可見的攤商重現了有點不太對勁的日本攤販，又因為相當稀奇，生意頗為興隆。

很好很好，照這樣看來，今天的營業額應該相當可觀。

這樣我的顧問報酬應該也很值得期待吧。

「今天的感覺很不錯嘛，就是這樣啊，像這樣正常經營，妳的信徒也會變多。像這樣讓大家開心也不錯吧？」

我一面以「Freeze」的魔法製造冰塊，一面對阿克婭笑著這麼說。

對此，阿克婭露出平常不曾出現過的笑容。

「是啊，這全部都是和真的功勞。和真你看，阿克西斯教團的孩子們都笑得好開心喔。」

並且出乎我意料地如此坦述承認。

「和真先生，和真先生。我覺得，能夠舉辦這次祭典真是太棒了。謝謝你幫阿克西斯教團的忙。」

說著，她對我露出天真無邪的笑容。

……是怎樣，這個傢伙被祭典的氣氛沖昏頭了嗎？

抓蟬的時候她也已經學到得意忘形會淒慘兮兮，最近的阿克婭實在很奇怪。

是因為爵爾帝嗎？

有了小孩之後讓她有所成長嗎？

不，這個傢伙只是擅自把爵爾帝當成自己的小孩，只有孵蛋而已啊。

不過，我會領到祭典經營團隊的報酬，聽她這樣坦率地對我道謝，反而讓我有些愧咎。

於是我試著改變話題。

「對、對了，既然有這麼多客人的話，你們應該也賺了不少吧？難得有這個好機會，用這次的營業額改建那個小巧玲瓏的阿克西斯教堂如何？」

「其實我們沒賺到多少啦。和真昨天不是說了嗎？『做人還是老實做生意才會賺錢！誠心誠意不敲竹槓才是上上之策！』我乖乖接受了你的教誨，現在採取的是薄利多銷政策。而且因為祭典是共同舉辦，營運委員會表示，希望阿克西斯教團也能出舉辦祭典的經費，加上這筆錢的話我們還是虧損狀態。」

說真的，這個傢伙是怎麼了，為什麼變得這麼聰明啊？

不過阿克西斯教團目前還是虧損啊……

這麼說來，我之前確實是提議要艾莉絲教團和阿克西斯教團出錢。

「……這樣啊。不過營業額馬上就會轉虧為盈了啦！看看這個盛況！話說回來，貧困的阿克西斯教團竟然有辦法籌出舉辦祭典的資金呢！」

「那筆錢是我出的。解決掉多頭水蛇的時候不是有獎金嗎？再加上我的存錢筒裡面的錢，總算是湊出來了。雖然我很想幫爵爾帝蓋間漂亮的龍舍，只好再等下次了呢。」

「…………這、這樣啊。」

心中冒出些許的罪惡感又有點尷尬的我，不太敢和阿克婭對上眼。

「怎麼了？不舒服的話我可以對你用『Heal』喔。畢竟和真先生最近一直很努力嘛。好了，站著不要動，我給你一個超強的恢復魔法。」

說完，阿克婭露出笑容，使出渾身解數對我施展了「Heal」。

——祭典第二天順利結束之後，我前往幹部會議室。

看見阿克婭，我整個人清醒了。

那個傢伙只是純粹想要享受祭典的樂趣而已。

相較之下，我到底是想幹嘛啊。

放縱自己的慾望，一下想叫顧攤小姐穿泳裝、一下想搞角色扮演，讓兩個教團彼此競爭，藉以大撈油水。

……我決定了。

我要把之前的事情都告訴阿克婭，並向大家道歉，辭掉顧問的工作，明天開始也一起享受祭典的樂趣。

沒錯，明天是祭典的第三天，依照預定行程還有煙火大會。

我要和惠惠一起看煙火，聽八成還在辛苦工作的達克妮絲抱怨，還要跟阿克婭他們一起喝酒。

想著這些事情的我打開門，準備辭去顧問的職務——

「喔喔，等你好久了啦，顧問先生！」

「來來來，顧問先生請上大位！」

我打開會議室的門之後，維持著開門的姿勢，整個人都僵住了。

幹部笑容滿面地想帶我坐到大位去，但我現在沒有那個心情。

之所以會這樣，是因為我的眼睛一直盯著現場的某一群人。

「常客先生晚安！各位幹部經常把常客先生您的優秀表現掛在嘴邊呢。」

「客人，感謝您平常的惠顧！聽說您特地去取得許可，這次的祭典期間才能夠以夢魔的裝扮參加！」

沒錯，她們就是我平時經常利用的夢魔服務的店員小姐。

會長從背後用力推著剛走進房間就僵住的我，把我壓到椅子上。

該怎麼說呢，這是怎樣？不妙，非常不妙。

具體來說，是夢魔們不同於平常的裝扮非常不妙。

我想，這才是夢魔們的正式服裝吧。身上穿著煽情的黑色緊身衣的大姊姊夢魔和蘿莉夢魔，都帶著誘人的笑容待在眼前。

會長輕輕將嘴巴湊到目光完全被吸走，整個人僵住的我的耳邊說：

「你好像和她們見過面呢。她們在這個鎮上經營一間小小的餐飲店。身為商店街的一員，她們在這次祭典當中也穿上泳裝擔任顧攤小姐，當她們得知是顧問先生取得那種服裝的許可之後，就表示務必想道謝……」

咦？這是怎樣，這讓我很困擾耶。

我是為了告訴大家我要辭去顧問的工作才來這裡的耶。

就連阿克婭都那麼努力，這種時候應該要斷然拒絕才對。

要是在這種時候應酬下去的話只會隨波逐流，振作點啊佐藤和真，你是那麼容易隨波逐流的男人嗎？

沒錯，就算穿得如此誘人的夢魔們對我道謝也……

「難得的祭典，就讓我們兩個為您斟酒吧。呵呵，您今晚可別想回去了喲。常客先生，請務必好好讓我們款待一下！」

我毫不猶豫拿起手邊的酒杯，而在我身邊坐下，整個人貼過來的大姊姊便為我斟酒。

接著，會長高舉酒杯喊道：

「那麼，為了顧問先生的精采表現，以及今後的銷售金額！來，顧問先生也說句話吧！」

我當場站了起來，在兩名夢魔的簇擁之下高聲宣言：

「大家一起賺大錢，一起得到幸福吧！乾杯！」

「「「「乾杯——！」」」」

第四章

讓這片夜空綻放光華！

1

感謝祭第三天。

我躺在自己房間的床上，而穿著洋裝的惠惠沒好氣地對我說：

「……天亮才回來也就算了，現在都什麼時間了你還在做什麼啊？快點，我們約好今天要去看煙火了不是嗎，趕快換衣服！」

昨天喝太多了。

來到這個世界來之後，因為飲酒方面沒有年齡限制，害我嚐到了酒的美味。

「嗚嗚，現在這個狀態要是出門投身於人群之中的話，我大概會各種想吐……」

「你這個男人也太爛了吧！既然和女生約好要去看煙火了，照理來說應該稍微少喝點酒來因應吧。你昨天晚上到底都在做些什麼呢？瞧你回來的時候心情好像很好的樣子。」

因為有夢魔大姊姊們一直灌我迷湯啊，但我怎麼可能老實說。

「幫我叫達克妮絲過來……我要請她運用權力，把煙火大會改到明天……」

「這種不想毀約的態度算是很了不起，不過要是你那樣耍任性的話差不多會把達克妮絲逼瘋了喔。她今天光是處理阿克婭他們就已經快要忙不過來了。」

阿克婭他們讓達克妮絲忙不過來？

我覺得昨天晚上阿克婭他們做得相當不錯啊，今天怎麼了嗎？

看著一邊想著這些，一邊癱在床上的我，惠惠掀開我的棉被，手往我的衣服上面伸了過來……

「唔喔！妳、妳這個傢伙在幹嘛啊！突然就動手是怎樣，幹嘛脫我的衣服啊！妳偶爾就會做出這種出乎意料的事情，嚇死我了！」

差點被脫衣的我跳了起來。

「事到如今，看到和真的裸體我也不會為之所動了啦，在對付多頭水蛇的時候我都看過衣服被融光的和真了。快點，你自己不脫的話我就親手幫你脫喔。」

我忍不住覺得女孩子親手幫我脫也不賴，但要是這一幕被阿克婭或是達克妮絲看見，可就不知道會被她們說什麼了。

我下了床，在視線未曾從我身上移開的惠惠面前換好衣服後，迅速洗好臉準備出門。

「……就、就算是我，也沒想到你會大大方方在我眼前換衣服。」

「妳剛才不是說事到如今看到我的裸體也不會為之所動了嗎……呼，喝了水之後精神好多了。對了，妳剛才說阿克婭他們讓達克妮絲忙不過來對吧？那些傢伙到底怎麼了？」

「昨天晚上阿克西斯教團的攤販大獲好評，營業額似乎比艾莉絲教徒高上不少，阿克西斯教徒們也因此一點一點開始囂張了起來。具體說來的話，阿克西斯教團好像跑去要賴，說他們的營業額比艾莉絲教團還要高，應該多分點擺攤的區域才對。」

那我昨天晚上看見的阿克婭是什麼？

開始露出馬腳了嗎？

……不不不，現在就武斷地認定還太早，那個傢伙已經脫胎換骨了。

抓蟬的時候她也確實學到教訓了，昨天也展現出那麼坦率又謙虛的態度。

沒錯，這一定只是部分不受控制的阿克西斯教徒亂來而已。

可是……

「……我總覺得有種不祥的預感，還是把他們交給達克妮絲處理好了。嗯，我今天不要靠近阿克西斯教團的區塊。我們去看煙火吧。」

「就是說啊。難得的夏天、難得的祭典，偶爾遠離麻煩的事情，就應該像這樣做點類似約會的事情才對。」

惠惠好像察覺到我在想什麼，爽快地同意了。

沒錯，難得的夏日祭典。

每次都會被捲入某種糾紛之中的我，偶爾也要有機會悠閒地享受祭典的樂趣才對——！

「——看吧，我就知道是這麼一回事。」

「你站在那裡做什麼？快點啦，我們走吧。」

一臉不解的惠惠見我沮喪地呆立在商店街的入口，便牽起我的手。

「我還是第一次和別人一起逛祭典，還有觀賞煙火大會！惠惠，我有沒有哪裡看起來很奇怪啊？原則上我可是精心打扮過才來的！」

「除了妳亢奮的情緒以外就沒有奇怪的地方了。拜託妳，不過是祭典罷了，不要驚慌失措成這個樣子好嗎？」

還用約會之類的字眼耍曖昧，結果芸芸也一起來了。

和出現在集合地點的芸芸彼此打過招呼之後，略顯失落的我跟在她們兩個後面慢吞吞地走著……

「現在就兩個人獨處還太早了。如果煙火大會順利結束的話，我們再一起回家吧。」

這時，惠惠在這樣的我耳邊輕聲這麼說。

「以往的我在祭典的時期老是窩在家裡，沒想到有一天能夠像這樣來逛祭典，離開紅魔之里真是太好了！……和真先生，你怎麼了嗎？我總覺得你的舉動有點奇怪……」

「啥哇！沒沒、沒什麼啦，參加祭典也讓我很興奮！應該說，芸芸，祭典才是和朋友之類的人偶遇的最佳機會，妳之前在這種日子都窩在家裡嗎？是啦，身為上級爾居族的我是很能體會妳的心情。不到有祭典和人潮擁擠的地方走動。嗯，真要說來這根本是常識。」

在惠惠的偷襲之下陷入半恐慌狀態的我滔滔不絕地這麼說，卻引來芸芸的疑惑。

「我又不是像和真先生那樣的繭居族。要是我一個人去逛祭典，結果撞見除了我以外的同班同學都聚在一起玩的話，說不定會害他們顧慮我。要是她們說『沒有約妳真是對不起』之類的向我道歉的話只是讓我更難以自處……」

「我知道了，到此為止吧！是我不對，別再說了！今天我會好好陪妳玩個夠！」

啊——可惡，最近這一連串發展是怎樣，我覺得主導權最近一直被惠惠握在手上。

是怎樣啦，兩個人一起回去之後又怎樣，當然不是只有一起回去而已吧，之後還會發展出別的事件對吧？

我應該可以稍微期待一下吧？

不過，女生真是太作弊了。

只不過是耳邊的一句呢喃，就可以讓我如此意亂情迷！

2

憑射擊技能大鬧所有打靶攤，並且也以天生的好運殲滅了和抽籤有關的攤商之後。

「……該怎麼說呢，我覺得和真應該學習一下什麼叫作手下留情才對。」

「真的，打靶攤的大姊姊和抽籤攤的大叔都哭了喔。他們都說今天已經要關店了。」

我和兩名紅魔族少女一起到處逛著攤商。

「聽好了，祭典原本就是客人和老闆的戰爭。在我原本的國家，抽籤攤擺出昂貴的獎品當成頭獎，卻在籤都賣完之後還沒被抽走的狀況可是司空見慣呢。其他還有像是抽到大獎之後開開心心地拿回家打開來一看，才發現裡面只是名稱很像的仿冒品之類。」

「改天真的應該好好聊聊和真原本的國家的事情……不過先別說這個了，今年的祭典有別於往年，好玩多了。和真提議的那個變裝遊行是吧？大家都各自打扮成自己喜歡的模樣走來走去呢。還有人選擇夢魔和淫魔之類的大尺度角色扮演，說不定還有真正的夢魔被祭典吸引過來，混在裡面呢。」

儘管被直覺意外敏銳的惠惠嚇出了一點冷汗，我也望著祭典的景況。

不同於往常的阿克塞爾。

巴尼爾也在這裡擺著不太一樣的面具攤。

在開心地買著面具的夢魔們之中，就連惠惠也吵著想要面具。

不知為何，巴尼爾還纏著要芸芸幫忙顧攤。

祭典的會場上不只有惡魔們，還可以看見平常很少見到的獸人、短耳精靈、矮人，以及其他各式各樣的種族。

看著篝火映照的這片光景，今天可以說是讓我最有來到異世界的感觸的一天了吧。

「這裡真的是異世界呢……」

回過神來，這句話已經在我無意識中輕聲脫口而出。

「…………」

站在我身旁的惠惠盯著這樣的我看，不知為何露出稍有不安的表情，一副有話想說的樣子。

「怎麼了？幹嘛擺出那種想發爆裂魔法又不能發的表情？」

「……不，沒什麼……」

無論是面對魔王軍幹部還是公主殿下，惠惠都會清楚說出她想說的事情，這次卻難得支吾其詞了。

總有一天，我是不是也該告訴這些傢伙，我是從異世界來的呢？

即使說了也不能怎樣，也不會改變任何事情。

就像她們完全不相信自稱女神的阿克婭一樣，她們說不定也會覺得連我都開始瘋言瘋語了。

或許是因為最近生活比較穩定了吧，我有的時候會覺得來到這個世界也還不壞。

總有一天，我就對她們說說故鄉的事情好了——

就在這個時候，阿克塞爾的蓄水池那邊傳來連腹部也感覺得到的震動，同時響起爆炸聲。

看來煙火大會已經開始了。

夜空中接連綻放著各種顏色的光芒，每次都引起眾人的歡呼。

仰望著夜空的惠惠像是要改變剛才的沉靜氣氛似的，用力握緊我的手……

「和真，我們也快點過去吧！再不趕快參戰的話就來不及了！」

然後說出這種很有情調的台詞……

「……參戰？咦，等等，喂，不要拉我啦！煙火從這邊看也看得夠清楚了吧！」

「你在說什麼啊，我們是冒險者耶。這種時候我們不參戰防守的話，還有誰來保護祭典啊！」

我才想問妳在說什麼呢。

不過，已經爬到喉嚨的這句話，在我看見周圍的冒險者之後又被我吞了回去。

看似魔法師的人們匆匆忙忙地向前奔跑。

就連剛才還在我們身邊的芸芸也是。

「喂，說明一下狀況好嗎！現在是怎樣？這是煙火大會吧？大家這麼匆忙是要去哪啊！」

在惠惠後面追著她跑的我如此吶喊。

「是昆蟲！」

而芸芸代替跑在最前面的惠惠這麼回答了我。

「昆蟲？昆蟲又怎麼了！祭典期間會大規模燃燒篝火，本來就到處都會有昆蟲不是嗎！」

惠惠也接著回答了我的疑問。

「每年到了這個時期，就是因為有這種狀況才會委託冒險者驅除昆蟲。到了晚上，受到篝火光芒的吸引，行動變得活躍的昆蟲們就會從附近的森林裡、平原上往城鎮飛過來。牠們會在城鎮上空盤旋，虎視眈眈地觀察襲擊的機會。這就是煙火大會該開始的時候了。魔法師會對準成群的昆蟲中間，朝高空發射爆炸魔法或是炸裂魔法。」

呃，這到底是怎麼回事？

「我不知道煙火在和真先生的故鄉的定義是什麼……不過，在這個國家，夏天的煙火是對聚集而來的昆蟲宣戰的訊號喔。」

異世界就是這樣才討人厭啦！

3

——豈有此理。

惠惠那個傢伙說了那麼多甜言蜜語，什麼晚一點再兩個人獨處之類的，害我那麼期待，結果煙火大會一開始就一馬當先地衝鋒陷陣去了。

順便把話說完好了，她後來因為打算在鎮上發射爆裂魔法而被警察抓了起來。

……然後就被帶走了。

那個傢伙是怎樣，就算沒情調也該有個限度吧。

受到夏日祭典的氣氛影響而一頭熱的我的心情該找誰賠啊。

防衛了昆蟲的襲擊之後，獨自回到豪宅的我，帶著有幾分沮喪的心情回到房間。

一直這樣失望下去也無濟於事。

去逛祭典的時候當然沒帶弓箭的我只能逃離在空中到處亂飛的昆蟲，結果在閒晃的時候被克莉絲逮了個正著，臨時敲定了一件事情。

——我穿上一身黑衣，戴上詭異的面具。

我把為了這一天而買的魔道具塞進背包裡面之後，一切準備就緒了。

沒錯，接下來我們要去對那副可恨的鎧甲進行雪恥戰。

這次為了防範那副會大叫的鎧甲，我準備了某種魔道具。

到了即將換日的時刻。

阿克婭大概是去參加祭典的慶功宴還沒回來，而達克妮絲應該差不多就寢了。

為了前往和克莉絲會合的地點，我不走大門口，而是選擇從自己的房間窗戶離開。

穿著黑衣，戴著面具在豪宅裡走動，萬一被人看見就麻煩了。

阿克婭當然不在話下，要是被知道我們的真實身分的達克妮絲發現了，看了我現在的打扮她就會立刻想通我要去幹嘛了。

好，出發吧。

我從窗口放下繩索，準備就這樣到……

「和真。你房間的燈還亮著，是不是還沒睡啊？」

……到外面去的時候，連忙解開繩索，關上窗戶。

「我我我、我還醒著！不過我正準備要睡覺！」

說著，我連忙藏起繩索，確認門有上鎖才鬆了口氣。

要是她看見我現在的模樣的話，肯定會逼我說出要去哪裡。

「這樣啊……不好意思，這麼晚了還來找你，不過可以耽誤你一下嗎？」

老實說當然不可以，但我覺得達克妮絲的聲音聽起來好像和平常不太一樣。

「……好吧。不過稍微等我一下，我現在的模樣不能見人。」

「！我我、我知道了。不好意思，在你正在忙的時候打擾你。」

在達克妮絲不知為何慌張地這麼回答的時候，我趕緊脫掉衣服，然後連面具和背包一起塞進衣櫥裡面。

「呼……呼……久、久等了……」

「不會，又沒等多久……喂，我以為你已經把衣服穿上了耶！你剛才在做什麼我不會過問，不過至少等呼吸平穩之後再開門吧！」

看著上氣不接下氣的我，達克妮絲紅著臉把視線別開了。

糟糕，我身上只剩一條內褲啊。

……喂，等一下。

「慢著，我剛才不是在做什麼奇怪的事情喔！妳別誤會了！」

「我、我知道了！我不會誤會，不會誤會就是了，快穿上衣服！還有，做了那種事情之後至少在睡覺之前洗個手吧！」

妳這個傢伙果然是誤會了吧！

我很想把誤會解開，不過現在沒時間那麼做。

「……算了。所以，妳到底要找我幹嘛？妳穿成那樣在我的房間前面晃來晃去，小心阿克婭在外面亂傳八卦喔。」

達克妮絲穿著輕薄的連身睡衣，害我不知道眼睛該往哪裡看。

要不是我接下來還要去搶神器，真想盯著狂看到爽為止。

不，我現在當然也是盯著狂看就是了。

「那、那個……在這裡說話不太方便，我可以進去嗎？」

我在衣櫥裡面藏了被看到就會完蛋的東西，所以不太希望她進來就是了。

但我又不可能這麼說，只能退到房間裡，在床上坐下。

「妳怎麼突然來找我？不能等到明天早上嗎？」

「沒、沒有啊！是沒差啦，真要說的話等到早上也不是不行……不過……你想想，最近我們兩個都有事情在忙，即使在家裡也很少有機會碰面不是嗎？」

達克妮絲做出這種不乾不脆的回應，坐立難安地在我的房間裡面東張西望了一陣子，這才戰戰兢兢地在床上坐下。

克莉絲還在等我，真希望她可以趕快把話說清楚。

這時，不知該如何是好地把玩著手指的達克妮絲像是下定了決心似的抬起頭來說：

「和真，就是，那個……我之前只有向你道歉而已，還沒有好好向你道謝……所以，我很想在兩個人獨處的時候，好好向你道謝……」

聲音雖小，但她的語氣堅定，同時帶著認真的表情，目不轉睛地凝視著我。

啊啊，該不會是……

「因為我把妳從領主大叔手上搶回來嗎？那是我自作主張的作為，妳不需要道謝啦。妳不也自作主張代墊了我們的債款嗎，我也沒有因為這樣向妳道謝啊。」

我半開玩笑地對達克妮絲這麼說，但她看起來不像是願意接受這種說法。

在我們這樣耗時間的時候，克莉絲依然等著我。

這個女人也太麻煩了吧，根本就不需要道謝啊。

正當有一半以上的心思在想別的事情的我感到坐立難安的時候。

達克妮絲露出一種讓人看了就心痛，感覺隨時會哭出來的表情，對我笑了笑。

「誰教你……帶給我那麼多開心的事情和新鮮的事情，甚至是傷心的事情和憤怒的事情，讓我得到了身為貴族之女根本不可能擁有的諸多回憶。要是沒遇見你的話，我也不可能和大家一起旅行，也不會經歷那麼精彩刺激的大冒險吧。遇見你之後的這一年，是在我的人生當中最為快樂，同時也非常幸福的一段時間。」

她如此低語。

同時，正當我不知道該如何回應，整個人僵住時，她以雙手包住我的手，輕輕握住。

「所以，讓我道聲謝吧。這不只是因為你從領主手中救了我。照理來說，任何人知道了我的真實身分是貴族之女都會保持距離，你卻願意陪在我身邊，謝謝你。和你們生活在這個豪宅裡非常舒適。簡直就像是……沒錯，要是我那未曾謀面的亡母還活著的話，一定可以更早體會到這種心情吧……」

達克妮絲害羞地靦腆一笑。

「所以，我想正式想你道謝。謝謝你，一直以來總是陪在我身邊，在我快要放棄的時候還來救我。我由衷感謝這樣的你……」

同時，她突然改用貴族千金的語氣說話，在她握住的我的手上，溫柔地多用了幾分力。

——我緊張到心臟都快爆了。

這是怎樣，為什麼突然開始這種戀愛事件啊？

我不是走上惠惠路線了嗎？

和惠惠越走越近，還以為路線已經確定了，結果卻是貴族千金路線。

各位可能聽不懂我在說什麼，事實上我也不知道自己在說什麼。

是怎樣，為什麼會變成這樣！

不，等一下，冷靜一點，快冷靜下來啊佐藤和真，她不過就是向你道謝罷了，事到如今也沒什麼好動搖的吧又不是處男。

不對，我就是處男！

而且不能就這樣隨波逐流啊，用常識思考，你不久之前還和惠惠一起去看煙火玩得那麼

開心結果這一天都還沒過完又和達克妮絲親密起來的話改天被人家叫垃圾真你也無從否認了

不對問題不是這個！

我到底在想什麼啊，真的是腦袋一片混亂了吧！等一下等一下，還不到慌張的時候，對象可是那個達克妮絲，老是說些奇怪的話的達克妮絲，為了一點小事就會立刻生氣的達克妮絲，之前就差點和我跨越最後一道界線的達克妮絲……

「所以那個，今天晚上……就是……我想……好好答謝你……」

是現在紅著臉的達克妮絲，把臉湊了過來的達克妮絲，大概是因為緊張到口乾舌燥而伸出舌尖輕舔自己嘴唇的達克妮絲，沒錯是那個達克妮絲喔佐藤和真，既然事已至今就拿出男子氣概來吧！

就這樣帥氣地主動帶領她同時給點巧妙的回應然後一鼓作氣……

「別別別放放在心心上，惠惠也在我們兩個獨處的時候說過謝謝我救了達克妮絲所以該怎麼說呢就是不用客氣啦，我和妳都這麼熟了！」

好，或許有點不夠帥氣不過就給我自己八十分吧，接下來就是順勢一鼓作氣……

「……你這個傢伙真是的，在這種時候提惠惠的名字也太不識趣了吧。」

結果沒能完事，達克妮絲帶著有點傷腦筋的表情站了起來。

「話雖如此，警察那邊已經通知我了，他們要等到今天深夜才會釋放惠惠。算準這種時候前來你的房間，好像有點卑鄙……」

說著，她忽然彎下身子，把臉湊了過來。

輕輕以她的唇觸碰了我的臉頰。

然後她再次挺直身子，害羞地靦腆一笑。

「這是我之前答應你的，打倒多頭水蛇之後要在你的臉頰上一吻的那個約定……從領主手上把我救回來的那件事，改天我再好好答謝你……！」

達克妮絲迅速轉過身，急忙離開……

而我對著達克妮絲的背影放聲大叫。

「搞什麼啊——！等一下，達克妮絲，妳搞得我那麼興奮結果只有在臉上親一下也太扯了吧，開什麼玩笑啊！惠惠也好，妳也罷，老是讓人先期待後失望到底是怎樣！重來！重來一次！妳只要有心就辦得到，快點拿出勇氣多踏出一步吧！」

「你這個傢伙為什麼老是這樣！把剛才酸酸甜甜的氣氛還來！」

4

生氣的達克妮絲回自己的房間去之後，鬱悶的我鑽進被窩裡試著再次入眠。

結果這才想起自己完全忘記克莉絲，連忙趕到會合的地點時，已經超過我們約定的時間兩個小時了。

抵達會合地點時，和我一樣一身黑衣，以面罩摀住嘴邊的克莉絲已經在那裡了。

「太慢了吧真是的！什麼事情耽擱了你這麼久啊！」

「沒有啦，抱歉，我和達克妮絲發生了一些事情。沒想到她會在這麼晚的時候，穿成那樣來我的房間……」

「咦！」

原本氣憤不已的克莉絲停止動作。

「你、你少來了。不要以為那樣胡言亂語就可以把我的憤怒唬弄過去，沒那麼容易。說那種引人遐思的話，但其實沒有發生什麼了不起的事件對吧？」

「也對，確實是沒發生什麼了不起的事情。頂多就是達克妮絲突然親了我。」

「啥——！」

原本佯裝冷靜的克莉絲突然怪叫一聲，帶著驚愕的表情僵在原地。

妳再怎麼說也是女神，不應該擺出那種臉吧。

「時間已經拖延到了，別擺那種搞笑的表情了，快點走吧。不知道是不是因為發生了那樣的事情，我覺得今晚的身體狀況好像很不錯。」

「咦咦咦咦！等一下，你不是被親了嗎，為什麼還那麼冷靜啊！你不是說真的吧？吶，你只是打腫臉充胖子對吧？」

不知為何，克莉絲還是不斷追問。

「真的啦，不然妳可以問達克妮絲啊，就說『妳半夜跑去和真的房間還突然吻他是真的嗎？』之類的。不過到底是怎麼了呢，就在幾天前，惠惠也說了喜歡我。而且今天也是，惠惠還說煙火大會結束之後要和我一起回去，只是因為她搞破壞而沒能實現。頭目，怎麼辦，說不定我會在這次祭典的活動期間內轉大人耶。」

「真的假的！這麼說來，你之前說過『最近和惠惠相處得很不錯，達克妮絲好像也對我有意思！』是吧。咦，等一下，難不成是三角關係嗎！」

克莉絲不禁摀著嘴，帶著興致勃勃的表情看向我。

「咦咦咦咦……達克妮絲是什麼時候變得那麼大膽？話說回來，你說惠惠也表示喜歡你？那你要怎麼辦？你要選哪一個！」

「喂喂，別急著下定論。應該說，我也很煩惱，現在的狀況是日本的漫畫、小說裡面經常出現的模式。沒錯，就是遇見的美少女全都喜歡上我，逐漸形成後宮的那種發展……不過以她們兩個而言，外貌是無話可說，內在卻很那個。照這個趨勢發展下去，我應該還會立起其他各式各樣的女生的旗標，現在就下結論好像還太早了。妳覺得我應該怎麼做才對？」

「我覺得你應該去死一死……不過真的嚇到我了，大家竟然在不知不覺間發展成這種關係……」

不知道是因為她身為女神而對戀愛話題沒有抵抗力，還是因為她的摯友達克妮絲不知不覺間就快要比自己先一步轉大人了而大受打擊，克莉絲只能搖搖晃晃地跟在我後面，而我帶著這樣的她，前往安岱因家的宅邸。

今晚萬里無雲，天上掛著漂亮的滿月。

我們臨時決定要在這一天闖進去偷東西是有原因的。

之前闖進去沒偷成，一定讓對方加強了戒備。

但是，再怎麼說祭典期間應該難免會比較鬆懈才對。

而且今天晚上有煙火大會。

或許是因為保護城鎮是貴族的義務吧，這間宅邸的警衛們也被派去參加了剛才的城鎮防衛戰。

既然如此，他們應該相當疲勞才對，而且現在是一年一度的祭典，都已經這麼晚了，還是到處都有喝醉酒的人在大吵大鬧。

雖然已經準備好對付會大叫的鎧甲的方法，不過萬一計畫失敗被追捕的話，到時候只要脫掉黑衣和面具，混進附近的醉漢之中就可以了。

——終於，我們來到安岱因宅邸，只見我們之前用來潛入的後門已經完全被封死，另一個入口，也就是正門，也有兩個人站在那裡看守。

據克莉絲表示，在我們之前的那次潛入之後，正門一直都有守衛待到早上。

「好了，這下該怎麼辦呢，助手老弟。這間宅邸不像王城那麼大，因此只要有人看守就很難潛入了喔。」

「該如何是好呢，我很想設法引開他們的注意力再趁機潛入就是了……」

就在我們兩個待在遠處一面觀察著宅邸，一面煩惱不已的時候——

「請、請問……前面那兩位，該不會是銀髮盜賊團吧？」

突然有人從背後這樣叫我們，我們不禁猛然轉過頭去。

「初初初、初次見面，兩位好！不，其實我們也不是初次見面了！我曾經在王城見過你們……我自認是兩位的粉絲，是個大法師，名叫惠惠！」

出現在我們眼前的，是原本被警察抓走的惠惠。

5

說真的，事情怎麼會變成這樣呢？

「哎呀——我們也出名了呢！也對啦，都已經懸賞兩億艾莉絲要抓我們了！」

聽惠惠自稱為粉絲，克莉絲儘管害臊，還是相當開心。

我很想吐嘈她說現在不是害羞的時候，但現在應該穩當地解決這個狀況。

原則上我和克莉絲都故意改變了聲音，不過耳朵夠好的人應該還是聽得出來才對。

然而，從剛才開始就一直顯得很興奮的惠惠只是表示：

「厲害到必須懸賞來抓的盜賊團，真是太了不起了！對了，我有一件事情想請教一下，你們兩位之所以潛入王城，是因為公主殿下手上有個危險的神器，兩位想要保護她的人身安全對吧？」

「是、是啊，就是這樣。我們是坊間所謂的義賊，平常站在庶民這邊，但即使對方是公主，知道年紀尚小的少女曝身於危險之中，我們豈能坐視不管。只要有人不知該如何是好，無論是貴族的宅邸還是王城，任何地方我們都會潛入其中。這就是我們面具盜賊團的作風。」

「嗚哇啊啊啊啊……！」

正當惠惠以羨慕的眼神看著我，讓我覺得有點爽快的時候。

「等、等一下，助手老弟，我們不是銀髮盜賊團嗎！只有這種時候才改名太奸詐了，頭目是我才對吧！」

「頭目才是吧，當時在王城眼見就快要大事不妙的時候，妳不是說要讓我當頭目，要改名為面具盜賊團嗎！」

背對著眼睛閃閃發亮的惠惠，我們兩個如此竊竊私語。

「對了，你們兩位在這種地方做什麼呢？這裡是貴族的家對吧？而且……還是風評不太好的貴族……」

惠惠這麼說，對我們投以更加充滿期待的眼神。

我和克莉絲互看了一眼，對彼此輕輕點了一下頭。

「妳叫……惠惠對吧？其實，我們鎖定了沉眠於這間宅邸的某樣東西。為了人類的未來，那是不可或缺的東西。偷竊這種行為確實不可取。但是……但是，對於我們而言，即使國家懸賞要拿我們的人頭，這也是必須去做的事情。」

「嗚哇啊……嗚哇啊啊啊啊……！」

惠惠以看英雄的眼神看著我們。

「嗯，我們接下來要潛入那間宅邸偷東西，藉此取得對付魔王軍的王牌之一。如果妳想報警的話我們也不會阻止妳……不過，希望妳相信我們，我們是為了人類才這麼做的！」

「我相信，我當然相信你們！而且，我當然不會報警！……然後，也不能說是交換條件啦，不過我有點事情想拜託你們兩位。」

不知為何，惠惠一副很害羞的樣子，忸忸怩怩了起來。

「請你們兩位看一下這個！這是寫了你們兩位有多麼帥氣，多麼吸引人的粉絲信！為了以備有朝一日再見面的時候能夠交給兩位，我一直小心翼翼地帶在身上！」

說著，她鞠了個躬，對我們遞出一封信。

這麼說來，從王都回來之後她確實是寫了一些東西，還說改天見面的時候想交給我們。

不過，像這樣收到信還真是令人心跳加速啊。

當然，對惠惠而言只是把信交給自己崇拜的英雄而已，我卻莫名有種收到情書的感覺。

我伸手接過那封信……

「謝謝，等這份工作結束之後我們再仔細看。」

但早了一步，克莉絲不知為何先拿走了。

「等一下，妳幹嘛啊頭目，那是要給我的信耶！」

「你在說什麼啊，惠惠的粉絲信是寫給銀髮盜賊團的耶！是給我們兩個的而不是指名要給你的，所以由頭目收下才合理吧！」

正當我們為了那封信而偷偷摸摸地起了爭執時，惠惠再次一鞠躬。

「謝謝你們兩位收下這封信。今天原本在煙火大會之後還有很多令我期待的事情，結果都泡湯了，我本來有點沮喪的……不過也因此才能像這樣見到你們兩位，真是塞翁失馬焉知非福呢。」

說完，她露出天真無邪的笑容。

6

「幸好我們的真實身分沒有穿幫呢，頭目。不過，居然在這種時間撞見她，真不知道這樣是幸運還是惡運。」

「有你和我在，不可能是惡運吧。而且我們還收到了粉絲信呢。」

惠惠表示「我實在很想幫兩位什麼忙，不過我必須早點回去向某個人道歉才行……」之後便離開了我們，但即使已經這樣告別了，卻還是在遠方一次又一次回頭看向這邊，一副很擔心的樣子。

她必須道歉的某個人，不用說也應該是我吧。

「頭目，我今天可以回去了嗎？感覺我今晚回去的話，惠惠事件應該會有什麼進展。」

「當然不可以，從各種方面來說都是今天潛入最剛好！應該說惠惠事件是什麼啦！要達克妮絲還是要惠惠你至少鎖定一個吧！」

沒辦法了，既然如此，我必須趕快搞定工作才行。

這時，我發現克莉絲正準備將惠惠給我們的粉絲信收進懷裡。

「……頭目，工作結束之後我們來一決勝負，決定那封信屬於誰吧。」

「好啊，就用最公平的猜拳來一決勝負吧。」

「不准比和運氣有關的項目！」

——儘管發生了出乎意料的事情，也因為這樣害我必須趕快回去了。

趕快解決這裡吧。

「這種時候就設法解除守衛的戰力吧。我覺得今天的狀況極佳，只有兩個人的話我應該有辦法秒殺。」

大概是因為和兩個人越走越近，讓我的情緒格外激昂吧。

「你是魔族還是什麼嗎？你在潛入王城的時候情緒也相當高漲，真的是一到深夜就特別有精神呢。」

「妳要這麼說的話，日本的尼特多半都是魔族了喔。那麼，我會以不被發現的方式盡可能接近他們，麻煩頭目也用一下潛伏技能。今晚是滿月，而且在祭典的活動期間因為篝火會一直點著，所以比平常還要明亮，需要格外小心。」

我和克莉絲使用潛伏技能，像忍者一樣貼著牆壁一點一點拉近距離。

兩名守衛放鬆地閒聊著。

這樣應該可以出其不意才對。

為了冷靜地抓準時機，我傾聽兩人的對話。

「話說回來，這次祭典真是太棒了！氣氛是前所未有的熱鬧，這都是阿克西斯教團的功勞啊。那是怎樣啊，讓顧攤小姐都穿泳裝，不知道是哪個天才想到的。」

「可以扮成夢魔也是大功一件。我看到一個女生超誇張的。真的很棒呢，這次的祭典。你知道嗎？聽說這次祭典有個操盤手呢。」

哎呀，不用說我也知道，他們嘴裡的操盤手就是我。

不過就連士兵們也在討論這個，看來風評相當不錯，真是太好了。

「你說的操盤手是那個對吧？讓艾莉絲教團和阿克西斯教團彼此競爭，盡可能炒熱氣氛好多賺一點分紅的那個下流計畫的提案人。」

「沒錯，就是他就是他。煽動阿克西斯教徒、爭取到夢魔的角色扮演、顧攤小姐全部穿泳裝的計畫，好像全部都是那個傢伙想出來的。我記得名字叫——」

我從暗處衝了出去。

兩人發現了我之後，在驚慌之餘仍然放低重心，將手放到劍上——

「『Double Drain Touch』！」

我以雙手摀住他們兩個的嘴，發動「Drain Touch」吸收魔力。

差點在克莉絲面前大爆料的士兵們瞬間沉默。

「助、助手老弟，別太逞強啦！幸好突襲成功才沒事，可是剛才他們差點就要叫出來了耶！」

「因為我認為狀況絕佳的現在應該能夠成功。實際上也趕上了對吧？沒問題啦，包在我身上。」

其實相當危險就是了。

不是因為他們會大叫之類的，而是讓他們再多說幾個字的話我很可能真的會遭天譴。

克莉絲一面將因為魔力盡失而昏倒的兩名守衛拖到草叢裡，一面說：

「幸好最後的結果還不錯，可是你別再逞強了喔！今晚因為昆蟲的襲擊，這裡的士兵們也被派去防衛，大家都累到很鬆懈了。這樣的機會不會再有第二次了喔。」

「我知道啦。那我們快點行動吧，我想趕快回去跟惠惠親熱。」

「你在過來這裡之前還在和達克妮絲搞曖昧不是嗎？改天有人捅你一刀我可不管喔！如果是那種死法，我可不會准許你復活喔！」

可以不要說那種讓人不安的話嗎？

不過沒問題的，她們兩個又沒說要和我交往。

既然如此，無論我和誰做什麼她們都沒資格說我。

「對了，剛才那個守衛說的事情讓我有點好奇……就是祭典的操盤手什麼的。助手老弟有沒有什麼頭緒啊？」

「沒、沒有耶……」

……在別的意義上，我也該趕快解決這個工作了。

——潛入安岱因宅邸的我們，這次也前進得非常順利。

一方面是因為這是第二次潛入，我們已經知道宅邸的內部構造了。

不過，之所以會這麼順利，沒有發生任何事情，最主要還是因為和幸運女神在一起吧。

我實在不願意這麼想，不過，在潛入王城的時候，要是我沒有在寶物庫觸動警報的話，搞不好就可以順利完成任務，不會發生任何意外了。

不久之後，我們來到上次也來過的寶物庫，在暗門前面彼此點頭示意。

我從口袋裡拿出這次的關鍵道具，然後推開暗門。

趁埃癸斯還沒大喊，我在走進隱藏房間的同時將魔道具店買來的結晶體砸在地上。

在結晶體碎裂的同時，特殊的結界籠罩住房間內部。

這是在不同於維茲的店的魔道具店買的，是真正管用的普通魔道具。

這種魔法結晶能夠產生微弱的結界，不過持續時間很短暫。

如此一來，即使埃癸斯以念力大喊，應該也不會傳出這個房間之外才對。

跟在我身後的克莉絲打開背包，拿出也在同一家魔道具店買的，能夠阻斷微弱魔法的包袱巾。

用這個把埃癸斯包起來的話，他連用念力說話都辦不到。

『突然冒出人來我還以為是誰，原來是前陣子的小偷啊！竟然沒學到教訓又跑過來了，來人啊，來人啊———！』

一看見我們的身影，埃癸斯立刻放聲大喊。

我沒有理會埃癸斯的喊叫，開始解開纏在他身上的鎖鏈。

『喂，臭小子你在幹嘛，你還有閒情逸致做這種事情嗎！這間宅邸的主人可是貴族，被逮到的話可是死罪喔！……奇怪，宅邸裡太安靜了吧。這是怎麼回事？』

「嘿，你以為我們會大搖大擺地跑過來卻沒有想辦法對付你這招嗎？你的念力沒辦法傳達給宅邸裡面的人了，真是遺憾啊！」

在解開埃癸斯身上的鎖鏈的同時，我為了報復上次的事情而如此嘲笑他。

『你們到底搞了什麼鬼！等等，好，我知道了！交易！我們來交易吧！你們想要我的力量對吧？既然如此就幫我找到相稱的持有者，這樣我就願意協助你們！持有者的條件我也會稍微妥協，拜託，真的！』

之前瞧不起人的態度不知道跑到哪裡去了，埃癸斯拚命懇求。

而我又解開了一條埃癸斯身上的鎖鏈，並且說：

「這種話早該在我們第一次來的時候就說了吧！笨———蛋、笨———蛋，我一定要找個男人當你的持有者！我要幫你找個肌肉發達又渾身出油的大叔，做好心理準備吧！」

『開什麼玩笑啊你這個混帳！喂，別這樣啊，你仔細想想，假如你是鎧甲的話會怎樣！

拜託你了，如果是你的話也不會想要一個髒兮兮的大叔把你穿在身上吧？既然要保護人的話你也想保護可愛的女生吧？』

「我非常同意你的說法，不過誰教你上次把我們害得那麼悽慘，別以為我們會配合你，答應你的要求啊，笨——蛋、笨——蛋！」

「助、助手老弟，上次和那個孩子吵過架的我好像沒資格說這種話，可是你不要對一副鎧甲要幼稚啦……」

見我像上次的克莉絲一樣和無機物吵起架來，正在攤開包袱巾的她有點退避三舍。

『啊啊啊啊啊啊！不要——我不要————！我要女人！要被人穿的話我一定要女人！無論是黑髮美少女還是金髮蘿莉還是紅髮性感尤物事到如今都無所謂了我要女人就對了！你懂不懂啊，穿著我戰鬥的話打一打當然是一身汗，你也顧慮一下包著一個渾身是汗的臭男人的我是怎樣的心情吧！』

聽埃癸斯這樣悲痛地哭喊，讓我有點同情他。

為了保護一個渾身臭汗的粗野壯漢而包住他的身體，這已經不是懲罰遊戲那種程度輕微的待遇了，不過……

「你還是死心吧。順便告訴你，你在回程大吵大鬧也沒用喔！克莉絲那條包袱巾可以阻絕微弱的魔法。我們會用這個包住你，把你帶回去。應該說，你這個傢伙明明只是無機物，要求卻莫名的多。別再耍任性了……」

解開綁住埃癸斯的最後一條鎖鏈，把話說到這裡的時候。

『喔啊——！』

響起這個聲音的同時，我的下巴受到衝擊，因而暈眩。

「助、助手老弟！喂，等、等一下！你怎麼在動啊！」

我一面聽見克莉絲這麼說的聲音，一面按住暈眩的頭，看向埃癸斯，試圖理解狀況——

『我決定了。我要出去旅行。為了尋求能夠穿上我的美女，我要出去旅行。待在這間宅邸裡每天都有女僕幫我打蠟的生活雖然也不錯，但是難保不會有像你們這樣的傢伙再來找我。我要自己尋找自己的主人。』

而我看見的，是擺脫鎖鏈，獲得自由的埃癸斯輕快地練習揮拳的模樣。

面對終於開始瘋言瘋語的埃癸斯，克莉絲拚命央求他：

「等一下啦埃癸斯，這個世界需要你的力量！不然，如果你不嫌棄的話，在找到新的主人之前由我來穿你好了……」

『Fuuuuuuck！一個不知道是男是女的盜賊穿了我我也不會開心啦！我不是說要自己尋找自己的主人嗎！……既然妳都那麼說了，不然來確認一下妳我的匹配度如何？……嗯嗯，容貌A等、職業適性C等、胸部等級不值一提。很遺憾的，這次沒有辦法錄用妳……』

「氣死我了——！人家好聲好氣地拜託你，居然還這樣！既然如此我要來硬的了！『Bind』——！」

終於忍無可忍的克莉絲如此吶喊，丟出腰間的鋼絲。

金屬製的鋼絲就這樣飛向埃癸斯——！

『哦，妳要我用這條鋼絲幹嘛？怎麼，想要我用這個來綑綁妳啊？嘿嘿——瞧妳長得那麼可愛，原來品味這麼獨特啊！』

卻沒能剝奪他的自由。

不知為何，克莉絲丟出去的鋼絲輕輕掉在地上。

埃癸斯攤手聳肩，擺出真拿妳沒辦法的姿勢，挑釁整個人僵在那邊的克莉絲。

「『Bind』——！」

緊接在克莉絲之後，我也使用了拘束技能，但我的鋼絲也掉到地上了。

『又對我丟那種東西，真是學不乖啊。夠了吧，你們還搞不懂嗎？你們以為我是什麼啊？我可是傳說級的聖鎧埃癸斯先生喔！是世界上最為頑強，魔法起不了作用，技能也起不了作用，還能夠自動治療持有者的傷勢，更會唱歌跳舞的聖鎧喔！完全找不到會輸給你們這種小毛賊的因素！』

這個傢伙！

「頭目，技能好像起不了作用，不過既然會被鎖鍊綁住，這個傢伙的力量應該沒有多強！我們兩個一起壓制住他，將他綁起來！」

「我、我知道了！我從右邊進攻，助手老弟繞到另外一邊去！」

聽見我們的對話，埃癸斯擺出像是空手道的「型」的架勢。

『哦，怎麼，你們還想動手啊？我的拳頭可是貨真價實的鐵拳喔！沒錯，我可是如假包換的全、身、凶、器！』

「這個傢伙到底想表達什麼啊，嘰嘰喳喳嘰嘰喳喳的吵死了！明明是鎧甲還這麼長舌！喔啊啊啊啊！」

「好，逮到了！」

我和克莉絲同時撲了上去，抓住埃癸斯的身體部分。

「頭目，直接把他的手臂扯下來吧！將他拆散之後再塞進背包裡！要是閒他太囉嗦的話，還可以把頭盔留在這個房間裡！」

『喂，你說那種話想嚇唬誰啊。我的身體沒有任何接縫，根本拆不開，主人想裝備鎧甲的時候必須喊出關鍵字才能著裝。想搬運我的話乾脆穿走可能還比較快喔。裝備鎧甲的關鍵字是「人家要成為鎧甲少女！」。好了，快喊喊看吧。』

「人、『人家要成為……』」

「頭目，關鍵字怎麼可能這麼愚蠢，妳被騙了！喔，可、可惡，這個傢伙的力氣真是出乎意料的大……！」

埃癸斯拖著抓住他的雙臂的我們一點一點移動，眼看著就要走出房間了……！

「頭目，糟糕了！離開房間之後就沒辦法消除他的叫聲了！」

「啊啊，等等，你夠了喔，埃癸斯！我是艾莉絲，是管理這個世界的艾莉絲女神！我有義務要管理你，好了，乖乖跟我一起走吧！」

『還麻煩您特地來接我，您真是太客氣了……明明長得那麼可愛，真是太可惜了。人類的內在果然也一樣重要，尋找主人的時候我會特別注意的。』

「你說什麼————！」

對方不相信自己是真正的女神，讓克莉絲激動不已。

『好了，你們兩位，看來我們要就此告別了。如果那麼想要我的話，妳得先得到足以留住男人的魅力才行喔，小妹妹。具體來說是胸部之類的。雖然有些傢伙鬼扯什麼貧乳是稀少價值，要我說的話那只不過是鬥敗的狗在亂叫罷了。』

「咿——！」

克莉絲被激到面紅耳赤的同時依然抓著埃癸斯的手臂，但埃癸斯終究還是拖著我們走出暗門了。

『沒能保護我這個稀世珍寶的安岱因家的人們，謝謝你們長久以來的照顧！恕我自私，我要踏上尋找主人的旅程了。如果你們還想要我的話，就準備一個極品美少女吧！這樣我就會回來！』

強烈到令人頭痛的念力聲音響徹整間宅邸。

『呀哈——！我自由了！沒錯，現在我得到了無上的自由！今天起人家就是自由的鳥兒了！埃癸斯飛踢——！』

埃癸斯甩開我們之後衝過寶物庫，也不管這裡有三層樓高就對窗戶使出一記飛踢，離開了宅邸。

同時，整間宅邸變得燈火通明，叫罵聲四起。

看來是住在宅邸裡的人聽見這場騷動都醒了。

「發生什麼事了！盜賊又出現了嗎！」

「剛才那是聖鎧埃癸斯的聲音！快去確認寶物庫！」

糟糕，聲音往我們這邊過來了！

上次潛入的時候，我們撕開寶物庫前面的窗戶的窗簾當成繩索才逃了出去。

但是，不知道是為了防止小偷故技重施，或是還沒掛上新的窗簾，窗戶那裡沒有類似的東西。

「頭目，再這樣下去就不妙了。這裡是三樓，沒有逃脫路線。現在應該把頭目用來施展拘束技能的鋼絲綁在附近的柱子上，然後順著鋼絲滑下去！」

「吶，助手老弟的腰間也有鋼絲對吧，用那個不就好了！」

「我的鋼絲是重金打造的訂製商品！調查這個就可以找到我！」

「所以在對埃癸斯使用拘束技能卻失敗的時候你才會急著收回去是吧！我的也是輕量化的特製品，一樣會被查到啦！」

既然如此就沒辦法了，只好像王城那個時候一樣強行突破了嗎？

「頭目，請妳做好心理準備。事隔多時我又要拿出真本事了。」

說完，我開始調整呼吸。

「現在還不到慌張的時候。放心吧，船到橋頭自然直。你以為我是誰啊？我可是掌管幸運的女神喔！」

說著，克莉絲帶著準備惡作劇的表情笑了一下。

就在這個時候，窗外閃現強烈的光芒，與此同時，安岱因家的所有窗戶都碎了。

在玻璃碎片紛飛之際，一個所有鎮民都已經聽得很習慣的爆炸聲，響徹了夏季的夜空。

7

——這些全都要怪那副可恨的鎧甲。

「和真，給我出來！現在我還可以只罵你幾句就算了！」

暴怒的達克妮絲在門外用力踹著門。

「這樣太沒規矩了，大小姐！既然擁有貴族千金之名，就該表現得更端莊一點吧！」

為了避免門被踢破而以全身撐住門的我，對著門外拚命喊叫。

「就只有在這種時候才會把我當成貴族千金！和真，給我出來說明清楚！否則，人在這裡的克莉絲就得獨自承受兩人份的苦難了！」

「助手老弟，救命啊——！」

克莉絲的聲音從門外傳了進來。

但是……

「很遺憾的，達克妮絲，這招對我不管用。剛才那確實是克莉絲的聲音。不過我所信賴的頭目不可能這麼簡單就被逮到。妳一定是請阿克婭對妳施展能夠變成才藝高手的魔法，模仿了她的聲音對吧？別小看我的推理能力。沒錯，剛才那是妳的聲音！」

「才不是呢，助手老弟你在說什麼啊！你的推理能力也太爛了吧！」

對於我完美的推理，克莉絲的聲音悲痛地吶喊。

現在，我把自己關在某間旅店裡面。

被埃癸斯擊退之後，我和克莉絲穿越了因為爆炸而畏縮的傭人們，被追得在鎮上到處跑，最後隨便逃進一間旅店來……

達克妮絲的聲音再次從我撐住的門的另外一邊傳來。

「和真，你先出來再說！現在這裡只有我和克莉絲，既沒有警察也沒有安岱因家的人！快點快點，你口中的頭目會受苦受難喔，真的沒關係嗎？」

我只回了一句：

「請隨意。」

「你這個叛徒——！達克妮絲，把我的繩子解開！我來幫妳的忙，我們一起把助手老弟拖出來吧！」

「你、你們兩個傢伙真的是……！」

——一個小時後。

被踢破房門的達克妮絲壓制住的我，上半身被繩索捆住，和克莉絲跪坐在一起。

「所以呢，你們為什麼又做出這種事情來了？之前我不是已經告訴過你們了嗎？一開始先告訴我的話，我就可以靠溝通的方式解決了。真是的，都怪你們完全被安岱因家的人看見了，包括鎮上的冒險者在內，各式各樣的人都為了賺你們的懸賞金到處晃來晃去耶。」

聽我們說明了大致上的狀況後，達克妮絲像是在隱忍頭痛般按著太陽穴，嘆了口氣。

被捆住的我用下巴指了指身旁的克莉絲說：

「我可是有提議『既然對方是貴族的話，不如拜託達克妮絲如何？』喔。還說『請達克妮絲用她們家的權力疏通一下』如何。結果頭目說……」

「啊啊？助手老弟確實說過這種話沒錯！可是達克妮絲，那個貴族好像是以非法手段弄到那個神器的，風評又不太好，才想說他一定會裝傻啊！而且達克妮絲還有領主的工作要處理好像很忙的樣子！」

達克妮絲重重嘆了口氣。

「與其讓你們以身犯法，我再怎麼忙也會撥出時間來啦。還有，就算對方是以非法手段取得那個東西，貴族也有貴族的手段可以處理。只要給對方更為有利的回報，就能夠對付對利益特別敏感的貴族。然而你們卻……！」

「好痛好痛好痛！達克妮絲，別這樣！對不起啦，下次我們會先告訴達克妮絲再去偷東西的——！」

「就沒有不偷東西這個選項嗎！再說，最讓我生氣的一點！」

暴怒的達克妮絲先以拳頭夾住克莉絲的太陽穴用力扭轉，然後惡狠狠地瞪著我說：

「昨天晚上和我那樣之後還大搖大擺地跑出去的你，最讓我無法原諒！你這個傢伙就不能更糾結一下或是怎樣嗎！後來回想自己的行動，讓我害羞到有多苦悶你知道嗎……！」

「啊啊啊啊啊啊啊啊，要爆了要爆了我的頭要爆了！抱歉，非常抱歉是我不對！可是妳會那麼害羞的話不要做那種事情不就好了！而且還吻一下就沒了那麼不上不下，我後來也很鬱悶好嗎！」

接著她一把抓住我的頭，用力握緊……！

「呼哇——！」

這時，聽見我們的對話的克莉絲突然發出這麼一聲怪叫。

然後她開始微微顫抖……

「啊哇哇哇……助手老弟昨天晚上說的是真的……！妳真的做了！達克妮絲真的主動吻了他！」

「等等！克莉絲，那件事現在不重要！應該說，和真，你這個傢伙連那種事情都告訴克莉絲了嗎！」

「沒辦法啊，因為她逼問我為什麼遲到嘛！再說，事到如今不過是一個吻有什麼好害羞的，我們的關係早就不只那樣了吧！妳都已經在浴室幫我洗過背了，我們早就見過彼此的裸體了吧。話又說回來，在我潛入妳家的時候，問我要不要一起轉大人的也是妳……」

「啊啊啊啊和真啊啊啊啊啊啊啊啊啊！好我知道了，這件事就這樣算了吧，其實現在不是說這些的時候了！好了，我幫你解開繩索之後得快點動身才行，你們也來幫我吧！」

滿臉通紅的達克妮絲驚慌失措地解開我的繩索。

「我剛才聽到非常不得了的事情耶，那是怎麼回事？你們兩個的關係到底有多親密了？難不成只有我還是小鬼頭嗎！」

「克莉絲，這件事晚點再說！好了，我也幫妳解開繩索就是了……」

「不能晚點再說啦，我現在就要知道詳情！達克妮絲，為什麼妳都不告訴我，女人之間的友情被妳丟到哪裡去了！」

面對著不知不覺間立場顛倒的她們兩個，我揉了揉剛才被綑住的地方。

「妳、妳很煩耶，克莉絲，那種事情已經無所謂了！真是的，不管是你們兩個，還是阿克婭也好，惠惠也罷，為什麼偏偏挑在我當代理領主的時候各個都給我搞出麻煩來啊。」

達克妮絲這麼說完，按住太陽穴。

「……嗯？喂，除了我以外，阿克婭和惠惠也捅了什麼摟子嗎？」

「……惠惠被關在警局的拘留所裡面。聽說，她昨天晚上沒頭沒腦地在鎮上詠唱了爆裂魔法。即使追問她為什麼要做這種事，她也只是供稱『在煙火大會上最後還是沒發到魔法覺得心情很不爽就動手了。還是我的爆裂魔法比較漂亮，所以我沒有在反省，不過我會賠償』，真教人搞不懂。我已經決定請警察照顧她到祭典結束了。」

昨晚震撼了安岱因宅邸的衝擊波，真相當然就是惠惠搞的鬼。

目送我們進去之後，惠惠還是一直很在意我們，結果看到宅邸亮起燈火，她認為是我們的偷竊行動失敗，陷入了危機，便使用魔法掩護我們。

當時因為發了爆裂魔法、耗盡魔力，結果就這樣被抓住了是吧。

真是對不起她，晚點再帶東西去探望她好了。

「那阿克婭呢？他們又怎麼了嗎？」

聽我這麼問，達克妮絲眉頭深鎖，一臉難以啟齒的樣子。

「阿克西斯教團這次出乎意料地炒熱了祭典的氣氛，創下高額的營業額紀錄……所以他們便以此為由，要求明年起改為單獨舉辦阿克婭女神感謝祭。」

第五章 在新手城鎮創造傳說！

1

「喂，阿克婭！妳這個傢伙，這到底是怎麼回事！」

位於城鎮邊陲的阿克西斯教堂。

聽說了她們在這裡為今晚的祭典做準備，我便衝進教堂，找到正在和賽西莉一起舉杯慶祝的阿克婭，如此逼問。

「哎呀，和真，你怎麼那麼慌張啊？」

拿著酒杯的阿克婭，就像電影裡面會出現的，把玩小動物的壞蛋一樣，摸著站在她大腿上的小雞。

一旁的賽西莉則是像侍奉主人的女僕一樣隨伺在側。

「我知道了，和真一定是嗅到宴會的氣息跑來想要參一腳對吧？真拿你沒辦法，雖然不是阿克西斯教徒，不過和真是這次的功臣之一嘛。來吧，過來坐我旁邊，我分你吃剛炒好的

YAKISOBA。」

面對一邊悠哉地這麼說，一邊遞出小盤子的阿克婭。

「笨蛋，現在不是吃那種東西的時候了！這是什麼鬼啊！」

我把從達克妮絲那邊借過來的陳情書遞到她眼前。

「哎呀，這不是我提出的陳情書嗎。『第一，明年開始更名為阿克婭女神感謝祭，不讓艾莉絲教團參與。第二，鬆綁瓊脂史萊姆的管制……』吶，我不記得我有寫第二項啊？」

「第二項是我寫的，阿克婭大人！我這次很努力，所以想說應該值得這樣的獎賞！」

「原來如此，那當然好。所以呢，這個怎麼了嗎？」

「當然好妳個頭，怎麼了妳個屁股！我再問一次，這是怎麼回事！」

阿克婭不管暴怒的我，反而和身邊的賽西莉交頭接耳地討論了起來。

「吶，和真先生不知道在生什麼氣，是不是因為我們沒叫他來慶祝會啊？」

「不是啦阿克婭大人，是因為我們在寫陳情書的時候沒有寫到那個人的意見啦。」

聽著賽西莉說話不停點頭的阿克婭，動筆在陳情書上迅速寫下一串文字之後拿給我。

『第三，今後舉辦祭典時顧攤小姐必須一直穿著泳裝。』

「妳白痴啊！我想說的才不是這個，妳這個傢伙之前明明口口聲聲說這次不會得意忘形，要腳踏實地好好努力！居然寫出這種東西來，看我怎麼處置！」

「哇啊啊啊啊——！你幹嘛啦，虧我還特地加上和真的意見！」

在阿克婭對我反嗆回來的時候，賽西莉慢步走上前來。

「等一下，居然辜負阿克婭大人的好意，你這是什麼意思？不肖賽西莉以阿克西斯教團之名發誓，我每天晚上都會擅闖你家，在大門口唱聖歌唱個沒完喔！」

「有本事妳就試試看啊！每個人都不把我放在眼裡，看我怎麼教訓妳們兩個！」

「怎、怎樣啦，我們都已經這麼努力了，稍微偏袒我們一點又不會怎樣！賽西莉說了，『阿克婭大人可是阿克婭大人呢，應該過著受人吹捧又閒適的生活，今後阿克西斯教團將傾全力溺愛阿克婭大人』，人家可是這麼說耶！」

「居然這麼容易就被一個才認識沒多久的人影響是怎樣！快點，該走了！別再跟這個怪胎混在一起了！妳也一樣欠罵，別再把阿克婭變成更糟糕的廢人了！」

「居然叫我怪胎！」

我試圖帶走阿克婭，但她從我的手裡溜走，躲到遭受輕微打擊的賽西莉背後。

「在這次祭典的活動期間內我都不回去了。沒錯，我不回去了！聰明的我學會了……只要待在這裡，大家都會崇拜我！而且呢，和真。既然祭典都已經如此盛況空前到極點了，無論如何明年以後都不可能不辦阿克婭女神感謝祭。你去外面看看艾莉絲教團的祭典！流向我們的區塊的人潮一天比一天多，現在艾莉絲教團的攤商幾乎全部都乏人問津！」

啊啊，我本來還以為這次難得到最後都會是正向的故事，結果這個傢伙還是這種人。

看見她最近的改變還以為是吃錯藥了，看來她的劣根性完全沒變。

我原本很想說「把我以為妳有所成長的感動還來」之類的，結果知道事情還是一如往常卻有點放心，真討厭這樣的自己。

賽西莉聽她那麼說，也語帶自豪地接著說了下去：

「阿克婭大人說的沒錯。而且，既然我們主辦的攤商的評價已經高到這種程度了，事到如今艾莉絲教團想扳回一城也是不可能的事情。還有……不要以為有生意頭腦的人只有你一個喔。沒錯，阿克婭大人還有壓箱底的錦囊妙計呢！」

阿克婭的錦囊妙計，怎麼想都肯定有問題吧。

2

離開阿克西斯教團之後，我一面煩惱著該怎麼做才能整得他們慘兮兮，一面在鎮上到處鬧晃。

阿克婭他們之所以那麼囂張，是因為他們靠自己的力量把祭典辦得那麼熱鬧。

既然如此，我去支援艾莉絲教團，提供新攤商的點子如何？

……不，我想不到更多主意了，而且就算現在開始行動，頂多也只能增加一兩個攤商。

沒辦法了，總之先去艾莉絲教團那邊露個臉再說吧。

——於是，我來到艾莉絲教堂，卻看見……

「嗨，助手老弟，結果如何？」

是拿著掃把在教堂前面打掃的克莉絲。

既然她問我結果如何，就表示她知道了阿克西斯教團說了那些蠢話，也知道我跑去痛罵他們。

「也沒什麼如不如何的，那些傢伙已經沒辦法好好溝通了……照那個狀況看來，得狠狠教訓教訓他們一頓才會學乖吧……怎麼辦？事情之所以會變成這樣，追根究柢還是幫阿克婭他們取得祭典許可的我該負責。在他們的蠢病持續惡化到病入膏肓之前，我想稍微管教他們一下。」

但是，克莉絲只是對著認真度超過一半的我搖了搖頭。

「前輩因為把祭典辦得那麼熱鬧而受人感謝是事實。相較之下，我卻沒能回收埃癸斯，就連那麼醒目的鎧甲現在的下落也掌握不到。要是我的祭典在明年以後停辦也是沒有辦法的事情。雖然有點失落，不過前輩明年以後應該也會把祭典辦得很熱鬧吧！」

說著，克莉絲勉強打起精神，哈哈乾笑了幾聲。

雖然在笑，卻讓人隱約感覺到她的失落，那樣的笑容看了真教我難過。

既是總因為棋差一著而容易陷入危機之中的頭目，也是受到眾人愛戴，任何事情都能辦得妥當的完美女神。

既是我的理想類型，也是從我與惠惠、達克妮絲之間的微妙戀愛話題，到日本的話題都能夠無所不聊的重要朋友。

而且，她更超越了和我一起從地球來到這裡的阿克婭，是和我共享最多祕密的人。

平常以女神的身分工作的時候，一直都是一個人待在那個白色的房間裡。

以義賊的身分工作時也還是只有她一個人。

我最重要的朋友，也是有點靠不住的頭目。

我理想中的女性，也是努力不懈的女神。

「我總是給助手老弟添麻煩呢。一下子要你幫忙我找神器，這次你也想要為我阻止失控的前輩。」

她像是想排遣失落的心情似的揮動掃把。

「謝謝你，助手老弟。只有你知道我的真實身分，也知道我做了很多事情。我並不是希望有人可以因為我暗中對抗魔王軍而誇獎我……不過，因為有這樣的你，我的辛苦也算是得到了一點回報。」

說完，她以艾莉絲女神的表情露出柔和的笑容。

…………

「頭目……不，艾莉絲女神。我希望艾莉絲教團的人們能夠協助我。」

克莉絲露出一臉疑惑的表情。

而我對著這樣的她，說出在商店街的幹部們面前用過好幾次的台詞。

「我有個主意。」

3

——今天是祭典的最後一天。

儘管艷陽高照，依然有許多人將某個地方塞得水洩不通。

『感謝各位今天聚集到這裡來。本人有幸獲選為這次活動的主持人，由衷感到高興，同時也非常榮幸……』

阿克塞爾的大廣場。

位於城鎮中心的這個地方設置了一個舞台，台上一名身穿燕尾服的男子對著類似麥克風的魔道具說著：

『由艾莉絲教團主辦，這次祭典的主要活動！第一屆！艾莉絲女神小姐選拔賽，現在正式開始！』

在主持人如此大喊的同時，聚集在舞台前方的觀眾們也發出盛大的歡呼聲。

我用來解決所有問題的錦囊妙計。

就是由艾莉絲教團主辦的選美比賽。

「助手老弟。我已經不知道該說什麼才好了。」

「頭目也一起在祭典上好好玩樂就好了吧。」

我隨口回應感到傻眼的克莉絲。

我早就知道辦這個肯定會熱鬧滾滾。

雖然我早就知道，只是覺得正經八百的艾莉絲教徒不可能會想辦以艾莉絲為號召的選美比賽，所以原本已經死心了。

不過，現在不一樣了。

再這樣下去，艾莉絲教徒們一直這麼不爭氣的話，他們敬拜的女神將無法再舉辦祭典。

我找了以達克妮絲為首的艾莉絲教徒們懇切地說明這一點，最後他們總算點頭接受了。

「我也沒想到達克妮絲會抱怨那麼多就是了。」

「可見她有多麼重視艾莉絲女神。」

達克妮絲口口聲聲說什麼「以艾莉絲女神為號召的選美比賽是對艾莉絲女神的褻瀆」之類的鬧了好一陣子，於是我說「這是為了恢復艾莉絲教團的威信，也是為了回收神器，艾莉絲女神才不會因為這樣就雞蛋裡挑骨頭」，好不容易才讓她答應。

克莉絲害臊了起來，忸忸怩怩的抓了抓臉頰。

「不過是用我的名字而已，我是無所謂啦……」

「那種話妳去對達克妮絲說啊。那個傢伙今天早上也鬧了好一陣子彆扭，一直說她不想來。」

我和克莉絲在最後面能夠將整個會場連同舞台盡收眼底的地方待命。

我們之所以會待在這種地方，是為了在埃癸斯出現的時候抓住他。

辦這個活動的目的不只是為了拯救艾莉絲教團。

這場選美比賽本身就是誘餌。

那個貴重的神器仍然在鎮上遊蕩，隨時都有可能離開這裡，踏上旅途。

為了回收埃癸斯，集合能夠讓他認同的美女是最快的方式。

然後，為了釣到他，我也請求達克妮絲參加選美，不過……

「……吶，達克妮絲不希望舉辦選美比賽最大的理由，說不定不是因為要負責核可選美比賽，而是……」

克莉絲好像想說什麼，但我沒空聽她說話。

為了這一天，我租了魔道相機，甚至連望遠鏡頭都準備好了。

至於目的是什麼，就用不著我說了吧。

我將相機對準了舞台。

在舞台上，鎮上對自己的美貌特別有自信的女性們展露出最為燦爛的笑容。

『那麼，首先由第一位佳麗自我介紹……請說出妳的姓名、年齡，還有職業！』

4

將艾莉絲教團以及克莉絲，甚至連達克妮絲都拖下水的盛大活動就此展開，不過埃癸斯究竟會不會落入這麼明顯的陷阱之中呢？

原則上，這招成功的話應該可以一口氣解決所有的問題才對……

……可惡，別擔心了，沒問題的，一定會成功。

說來說去，那個傢伙的想法和行動都很容易預測。

我不太想承認，不過那個傢伙有很多地方和我很像。

我一面對周遭保持警戒，一面偷瞄接連出現在舞台上的美女們。

「嗯嗯……以我個人的喜好來說的話，這個太苗條了一點。長相我倒是很喜歡啦，只論長相的話。」

克莉絲說，今天可能會拖很久，所以跑去買冷飲了。

我只是偷瞄而已。

而且那麼顯眼的鎧甲只要一現身我應該就會立刻發現才對。

看著那個苗條美女，我自言自語地脫口說出感想。

『是嗎？她看起來脾氣有點凶耶。不過身材倒是不錯，我看應該是穿衣服會顯瘦的那種類型。』

「她看起來確實是脾氣很凶的樣子，不過苗條型的人凶一點比較好。話說回來，穿衣服會顯瘦嗎……早知道還是應該加上泳裝審查項目才對。」

『你這個傢伙！為什麼沒有在審查當中加入那麼重要的項目啊，你白痴嗎？』

…………

「逮到了——！」

『唔喔！什麼什麼，你想幹嘛！現在正是最重要的時候，別妨礙我！』

現在是最重要的時候這點我同意，不過抓住這個傢伙是原本的目的之一。

我對大搖大擺地現身的埃癸斯撒出事先準備好的手拋網。

輕忽大意的埃癸斯，網起來真是完全不費工夫。

「完全中計了啊你這個呆瓜，這是用來引誘你的計策啦！」

『你、你說什麼——！你很有一套嘛，我還以為你只是個小毛賊呢，真叫我刮目相看！』

我和克莉絲之前就是被這種東西搞得七葷八素的嗎？

真希望叫他把我們之前的辛勞都還來。

「應該說，你這個傢伙來的也太快了吧！為什麼才開始五分鐘馬上就被抓住了啊！克莉絲以為會拖很久還跑去補充物資了耶，你要怎麼向她道歉！」

『啊，可以請你安靜一點嗎，我聽不到那個女生的基本資料。你看，主持人在問她是吃什麼才讓胸部長到那麼大。』

「……沒辦法了，等那個女生的基本資料介紹結束之後再開始吧。要從對我有利的這個姿勢開始喔。」

『我知道啦，等那個女生下台之後再開始吧。』

暫時休兵的我盡可能不將視線從埃癸斯身上移開，等待那個時刻到來。

在附近的觀眾都沒有留意到我們的騷動，目不轉睛地看著台上。

在這樣的狀況下，參賽佳麗的基本資料終於介紹完了，那個女生也走下舞台。

「好，那就繼續吧！都是你把我們害得那麼悽慘，還不乖乖就範！」

『哈，有本事你就試試看啊！我可不是平白無故被稱為聖鎧埃癸斯先生的，古早以前，我和主人一起對付過眾多怪物，將他們撕開就丟，丟完再撕！』

再次展開戰鬥的我們對著彼此叫囂，雙方都試著掌握主導權。

『好的，謝謝桑妮雅美眉！哎呀——這位佳麗的胸部還真是壯觀呢！不過，下一位也相當值得各位期待喔！因為她擁有的可是本屆大賽數一數二的絕世好胸！那麼，歡迎下一位佳麗登場——！』

這時，主持人的發言讓觀眾席瞬間沸騰。

我和埃癸斯雙雙拉扯著網子，視線自然飄向台上。

接下來上台的那個女生也相當驚人。

到底有多驚人呢，差不多有足以匹敵維茲和達克妮絲的程度……！

『……吶，等那個女生下台之後再打可以嗎？』

「……真拿你沒辦法，等她下台之後真的要再次開打喔！」

『不好意思啊，應該說你不拍照片沒關係嗎？別擔心，我不會逃的。』

「…………說的也是，這裡人這麼多，你這副全身鎧就算逃走了，只要問一下附近的人就可以輕鬆逮到你了吧。一直維持這個姿勢也有點難受。」

我放開抓著網子的手，再次舉起相機對準舞台。

『喂！你看那個，太犯規了吧！你為什麼沒有把泳裝審查列為必備項目啊！』

「沒辦法啊，我也有各種苦衷！我的同伴不肯退讓，說要穿泳裝的話她就抵死不參加！啊啊可惡，可是我有點後悔了，早知道就再稍微堅持一下了……！」

我和埃癸斯挺直身子，從觀眾席的最後面繼續觀察——

『——喂喂喂——！穿成那副毫無防備的模樣沒問題嗎！不過現在是夏天，穿泳裝也沒什麼問題就是了！』

「那個是顧攤小姐吧。是我提議說要規定顧攤小姐穿泳裝的。你也知道，這樣有預防中暑之類的各種作用。還有，灑水的時候穿泳裝也不怕濕。」

『你很聰明嘛。既然要預防中暑就沒辦法了，中暑那麼危險。哎呀，下一個女生那樣不太行啊。只有衣服很可愛，根本是靠服裝的款式和化妝掩人耳目。』

「妝容的基本是自然妝，那根本是邪門歪道。要是我兼任評審的話，妝那麼濃肯定要扣分。」

儘管抱怨，我還是按了好幾次快門。

『接下來是這位小姐！大家對她都很熟悉，最適合走悲情路線的苦命老闆！原本以為最近店裡比較賺錢了結果只是幻覺！參加理由竟然是為了賺取獎金付這個月的房租！歡迎維茲魔道具店的老闆！』

「太棒啦————！是維茲，維茲來啦！好耶，維茲還是最適合穿圍裙了！」

『喂，她的水準也太高了吧，好想抱緊處理啊！那位大姊看起來就很好抱，好想對她抱緊處理啊！或者是請她進來我的體內！可是她怎麼看都是魔法師系吧，太遺憾了，職業配不起來啊。可惡，如果那位大姊願意轉職為前鋒職業就好了！』

我和埃癸斯為了維茲出乎意料的登場而興奮到了極點。

觀眾們的熱度也因為這樣而急速升高，下一位佳麗感覺可能會因此而為之卻步啊……

『好了，接下來……哎呀，是一群扮裝成夢魔的佳麗！明明這次活動打的是艾莉絲女神小姐選美大賽的名稱，這幾位小姐還真是相當有……膽量……啊……』

原本還很亢奮的主持人慢慢安靜了下來，最後更是默不吭聲。

這也不能怪他。

『喔喔喔喔喔喔喔喔——！等一下，怎麼搞的？那是怎樣，她們三個的水準都太高了吧！右邊的成熟型和左邊的蘿莉風是都很難割捨，不過中間那個美女是怎樣！我從來沒見過那種類型的耶！是惡魔！惡魔女孩！那已經超越小惡魔類型的範疇，根本就是真正的惡魔女孩了吧！』

埃癸斯吵鬧到讓我以為他要崩潰了，但觀眾們卻都默不吭聲。

上台的是三名夢魔。

應該說左右兩位我都見過。

是我平時常去的那間店的店員小姐。

可是，唯有站在正中間的那位絕世美女，就連身為常客的我都沒見過。

下次拜託她們服務的時候就請她出現在我的夢中好了。

正中間的那位打扮成夢魔的美女從僵住不動的主持人手上接過麥克風：

『好了，各位。前面的幾位參賽者想必讓你們非常無聊吧……不才小女子接下來將褪去這身薄衣，帶領各位進入令人迷亂的情慾世界……！』

正中間的那位大姊姊發出光是聽了就令人興奮的聲音，接著直接把手放到衣服上。

原本就已經夠煽情的夢魔服裝將整個會場的所有目光全都直線聚集過去。

觀眾已經完全吭不了聲，帶著些微的期待，吞著口水緊張的觀望著。

難不成，這位大姊姊打算在這麼多人的面前脫衣嗎！

她是來真的嗎！

賣肉的怪物受到祭典的熱烈氣氛影響，變回最原本的模樣了嗎！

『相、相機啊！快把相機準備好！喂，你振作點啊！』

「啊啊，抱歉！好險，我竟然差點犯下這種錯誤……！不過真不愧是貨真價實的夢魔，服務精神滿分啊！」

我舉好相機，準備捕捉最完美的一張照片時，那位美女終於脫掉穿在身上的東西……！

『華麗的脫皮！呼哈哈哈哈哈，汝等以為是碰巧路過的夢魔女王嗎？很遺憾的，是維茲魔道具店的打工店員！喔喔，整個會場瀰漫著特等的負面情感，美味至極，美味至極啊！維茲魔道具店現在也開始經營指點迷津的服務！碰上任何困難時歡迎蒞臨！』

…………

『請不要丟東西！在此呼籲各位觀眾，各位的心情我很了解，不過請不要丟東西！』

兩名夢魔也跟著巴尼爾一起離開，只剩下主持人站在台上被垃圾砸。

我和埃癸斯當然也砸了。

不久之後，會場的混亂平息了下來，主持人重新振作起精神，以誇張的動作指著舞台旁邊說：

『好、好了，接下來是今天最有可能奪得后冠的佳麗之一。住在這個城鎮的各位，想必已經沒有人不知道她了吧！有時候是冒險者，有時候是忍耐大會的衛冕冠軍。現在，她更是艾莉絲女神小姐選美比賽的參加者，讓我們歡迎大貴族達斯堤尼斯家的千金，達斯堤尼斯．福特．拉拉蒂娜小姐！』

喔，來了來了！

埃癸斯在選美比賽的一開始就已經傻傻地跑過來所以其實也已經不需要了，不過我原本是請只有外貌無從挑剔的達克妮絲出場當釣他的誘餌。

其實我原本也想拜託惠惠，只是很遺憾的，她還在拘留所裡面。

『嘩──────！讚耶讚耶，太讚了吧！臉蛋漂亮身材惹火，而且還是貴族千金！喂喂喂，分數也太高了吧！』

在達克妮絲現身的同時，埃癸斯的情緒也瞬間飆高。

或許是特地為了選美比賽做的準備吧，今天的達克妮絲的打扮完全是前往避暑勝地的貴族千金風格。

她將偶爾會在自己家的宅邸穿的純白色洋裝直接穿了過來，今天還略施脂粉，頭髮編成三股辮從肩頭向前放，頭上戴著一頂寬帽緣的白色帽子。

在眾多觀眾的注視之下，達克妮絲害羞地將通紅的臉藏在帽子底下，輕輕低下頭。

「對吧對吧，那是我的隊友喔。我告訴她需要準備一個大餌來釣你，千拜託萬拜託才求到她參賽。」

『真的假的？好好喔，有那種隊友好好喔！吶，就讓那個女生當我的主人吧！我絕對不會讓任何人傷害她的性感肉體！』

不但輕輕鬆鬆就抓到他，連收服他都不費吹灰之力。

「不過，那個傢伙是十字騎士喔。她的工作是在前面抵擋敵人的攻擊喔，你不是說就算是鎧甲，被攻擊也會痛嗎？而且身上穿著衣服的時候看不出來，那個傢伙的腹肌有六塊肌喔。」

『有六塊肌啊。不，可是這樣也相當不錯啊……可是是十字騎士……可惡，偏偏是十字騎士……可是，她的外表完全就是我的菜，要找到能夠超越她的也很難了吧……』

內心糾結的埃癸斯這麼說，我也在心裡贊同他。

只論外表的話確實也是我的菜，身材好長相也好。

如果再加上好個性的話該有多好，但那個傢伙出乎意料的是很難搞的那種類型。

唉，太浪費了……

「再稍微觀察一下狀況吧，反正還有別的參賽者。」

『說的也是，在比賽結束之前就決定的話也太倉促了。喔，要開始介紹了！』

或許因為對象是貴族吧，主持人的情緒顯得格外亢奮，說話也特別大聲。

『那麼，開始正式介紹！我想大家都已經知道了，不過還是請妳介紹一下自己的姓名、年齡，以及職業！』

『……達斯堤尼斯・福特・拉拉蒂娜……年齡是十八歲，工作是代理領主……』

或許是因為緊張吧，達克妮絲的聲音透過麥克風聽起來還是含糊不清。

我離得這麼遠都看得出她的表情有多僵硬。

就在這個時候，坐在觀眾席的一名冒險者大喊：

「拉拉蒂娜！大聲一點啦，我聽不到——！」

有人帶頭之後……

「大小姐今天穿得那麼漂亮啊！」

「平常穿的鎧甲怎麼了啊，不過穿成那樣也很很可愛喔，拉拉蒂娜！」

類似這樣的叫囂聲也跟著從四面八方響起。

不只我，達克妮絲現在也已經是這個城鎮相當有名的冒險者之一了。

和達克妮絲有點交情又喝醉的冒險者們紛紛把握這個機會調侃她。

達克妮絲害羞得滿臉通紅，一副快要哭出來的樣子，害我也莫名有點嗜虐了起來。

「很好，拉拉蒂娜！就是現在，秀出妳引以為傲的六塊肌吧！」

『那個女生不是你的隊友嗎？』

「你白痴喔，就因為是隊友我才像這樣聲援她啊！瞧，看看達克妮絲滿臉通紅，淚眼婆娑地瞪著觀眾的樣子。你有看過那麼誘人的表情嗎？這下肯定能夠奪得后冠了。」

『原來如此，你很會嘛。好，那我也來幫忙吧！好耶小妞，多來點好康的吧！』

埃癸斯也在我之後開始鼓噪，其他冒險者們也跟著開始叫囂。

「沒錯沒錯，來點好康的吧——！」

「泳裝呢，妳不穿泳裝嗎！」

「領主大人，把裙襬拎起來看看吧！」

觀眾的叫囂聲越來越過分。

那個平常派不上用場的達克妮絲，現在就像是偶像明星一樣成為眾人的焦點。

這讓我覺得很開心，再次大聲喊叫。

「乾脆脫光了啦——！」

達克妮絲聽見這句話，帶著一臉愣住的表情直線看向我。

啊，糟糕，被發現了。

「沒錯，脫光——！」

「達克妮絲，脫光——！」

「脫——光！脫——光！」

『脫——光！脫——光！』

頓時，會場上眾人一條心，大家整齊劃一地同聲喊著脫光的口號……！

「你到底在幹嘛啊？」

這時，拿著飲料的克莉絲的冷淡聲音，讓我和埃癸斯的腦袋瞬間一涼。

6

「——真是夠了，你們到底在幹嘛啊？別欺負我的朋友好嗎？」

「不是啦，我看見達克妮絲受到大家的矚目，沐浴在歡呼聲之中，結果，該怎麼說呢，就有點想把她推上頂尖偶像的地位……」

「眾人叫她脫光算是哪門子的頂尖偶像啊……埃癸斯也是，你居然變成這種人了……你好歹也是最上級的神器吧……」

在觀眾們的最後面，又往後了一點的地方。

在痛心地噙著淚的克莉絲面前，我和埃癸斯不停低頭道歉。

我對長吁短嘆的克莉絲說：

「不過，反正也已經照當初的計畫抓到這個傢伙了，雖然有點波折，艾莉絲教團主辦的活動辦成這樣確實也很熱鬧，總算是好事一樁吧？」

「一點也不好！應該說你要怎麼收拾這個慘況啦！」

現在，尖叫聲與叫罵聲在觀眾席四起。

大家的脫光口號最後激怒了達克妮絲，讓她跳進觀眾席，襲擊冒險者們。

冒險者們拚命抵抗，但在雙方都是赤手空拳的情況之下打架是達克妮絲有利。

……那個傢伙在戰鬥中搞不好也是赤手空拳毆打怪物會比較好吧。

『這下子越來越好玩了，那個小妞很厲害嘛！美女和打架是祭典的精髓，我總覺得自己也快要按捺不住興奮了！心中是燃燒的熱情！身體是閃亮的鎧甲！好，我也要加入這場混戰了！』

「別把事情弄得更混亂好嗎！真是夠了，埃癸斯，算我求你，你可以自律一點，乖乖待在這邊嗎……這樣的話，等到順利打倒魔王的那一天，我可以動用女神權限，除了為打倒魔王的勇者實現願望以外，也為你實現願望……」

見埃癸斯受到大亂鬥的觸發而興奮了起來，克莉絲扶額嘆氣。

而埃癸斯擺出聳肩的姿勢，對這樣的克莉絲說：

『這個女生又——在說什麼女神不女神的了。聽好了小妹妹，我知道怎樣才叫女神，也見過一個女神。我之所以這麼說，是因為將我賜給某位女性，送我上路的就是女神。基於這個經驗我可以告訴你，女神不是什麼好東西。』

「你說什麼——！」

的確不是什麼好東西。

浮現在我腦海裡的女神，是疑似送了這個傢伙上路，現在也和教團的那些人幹些不三不四的勾當的那個傢伙。

「可惡！可惡！我生氣了！在找到適合你的持有者之前，我要把你封印在湖底！幸好我還丟了別的神器進去，你們就在湖底好好相處吧！」

『那種拳頭傷不了我的身體啦！畢竟我可是神器！啊哈——加油、加油，小妹妹！』

「咿——！」

沒有多加理會弄到自己手痛還是一直捶打埃癸斯的克莉絲，我環顧四周。

在我們周圍的觀眾們都遠遠地望著依然在大鬧的達克妮絲，看戲看得很開心的樣子。

不同於我的預測，這個活動已經完全被當成奇聞軼事看待了，不過這樣也算是辦得很熱鬧吧。

但是，這個活動原本的目的是什麼？

我們的目的，是引誘埃癸斯過來。

但是還有另外一個目的，是要恢復在這次的祭典當中毫無表現的艾莉絲教團的威信……

——這時，在沒有預期的情況下，我們得知這個目的尚未達成。

「哎呀——太好笑了太好笑了。不過，辦這種選美比賽也沒用啊，這個鎮上出名的美女都是怪胎，早就知道會變成這樣了。以古板的艾莉絲教徒主辦的活動來說，還算滿好玩的就是了，對吧？」

我們前方的觀眾如此表示。

「是啊，還可以啦。不過，我覺得明年開始只要有阿克西斯教團主辦的祭典就夠了吧。

阿克西斯教團那些人白痴歸白痴，在辦這種祭典的時候倒是辦得很熱鬧。」

「沒錯沒錯，白痴歸白痴，那些傢伙總是很開心的樣子嘛！白痴歸白痴！」

緊接著四周又零星傳來這樣的聲音，同時大概是因為已經看到這個鎮上的主要美女了吧，甚至有觀眾開始準備走人了。

克莉絲搥打埃癸斯的動作停了下來。

「艾莉絲教團確實一直都很努力，不過一年一度的祭典還是辦得高調一點比較好吧。」

「就是說啊。聽說他們正在吵明年以後要不要改成只辦阿克婭祭呢，好像都發起連署活動了。」

「是喔。反正那些傢伙今天大概也在阿克西斯教徒的區塊耍白痴吧。這邊的活動好像也結束了，過去看一下好了。」

然後……

「啊、啊哈哈，我們家的孩子們已經全都很努力了，這也是沒辦法的事情。不過，照這個樣子看來，我的祭典很可能真的從明年開始就沒了呢。」

克莉絲大概是不想讓我擔心吧，儘管隱約有點失落，還是露出了笑容。

「也罷，反正我原本就沒有那個閒情逸致享受祭典的樂趣。因為在我們做這些事情的時候，還是有很多人因怪物而受苦……所以，我得多收集一點神器才行，那怕只有一個也好。」

說完，一直以來總是低調行事，在不為人知的狀況下偷偷有所建樹的克莉絲，佯裝不在意地抿嘴一笑。

然後她再次面對埃癸斯。

「埃癸斯，拜託你，請你乖乖聽我的話好不好？」

『咦——……我是有點心動啦，不過就算妳一臉失落，我也不會因此任妳擺布喔。』

…………

「吶，埃癸斯。如果我介紹一個極品美少女給你認識的話，你願意聽克莉絲的話嗎？」

對於我的問題，埃癸斯說：

『啥？極品美少女啊……喂，我知道了，是這樣吧，你想利用剛才那個面具大叔對吧！你要叫那個傢伙變成美少女然後說「好了，我介紹美少女給你了——」對吧！那種不入流的伎倆，我埃癸斯先生可不會……』

「頭目。不，唯有現在，請讓我叫妳艾莉絲女神。我有一點小事……不對，是非常不得了的事情要拜託妳。」

我打斷了說個沒完的埃癸斯，凝視著克莉絲，低下頭來。

見我低頭請求，克莉絲有點不知所措。

『啥——?喂，那個小妹妹不是叫克莉絲嗎?叫她艾利絲女神到底是怎樣啊，連你的腦袋也壞掉了嗎……喔喔，中暑了吧?你是熱昏頭了對吧?你這個傢伙說預防中暑多重要又多重要，結果自己中暑也太扯了吧。你等著，你的作戰計畫讓我大飽眼福，我去幫你叫醫生來當作是答謝——』

「好啊，助手老弟……不，我答應你，和真先生。如果有什麼我辦得到的事情，請盡管說，不用客氣。」

說完，克莉絲以堅定的眼神凝視著我。

『嘿嘿——!你們這樣一直把我當空氣，就算是我也會不高興喔!喂，你們到底有什麼陰謀?』

被當空氣的埃癸斯一面發出不開心的金屬聲，一面抱怨。

「喂，埃癸斯。我讓你拜見一下貨真價實的女神吧。」

6

工作人員總算壓制住大鬧了一場的達克妮絲，將她帶到別的地方去安撫她的時候。

雖然還有點吵鬧，但會場總算是安靜到能夠繼續進行活動的程度了，於是舞台上的主持人再次拿起麥克風。

『好了，會場的混亂已經平息下來，參賽佳麗也已經全都出場了。那麼，接下來要宣布艾莉絲女神小姐選美大賽的冠軍——』

就在主持人說到這裡的時候。

——原本還有點吵鬧的會場，瞬間陷入寂靜。

大聲說話的冒險者。

正準備走人的商人。

在現場的所有人們。

沒錯，不分男女老幼，所有人都注視著台上的一點。

一名面露溫柔微笑的少女，不知何時已經出現在舞台中央，站在那裡。

『……呃……咦？請、請問……』

在所有人都茫然注視著少女的時候，只有主持人勉強擠出乾啞的聲音。

『…………請問，妳是……臨時決定……參賽的……佳麗……嗎？』

主持人這麼問向站在舞台上，依然平靜地微笑的少女。

而且——

那名美少女從長相到服裝，身上的每一個地方，都和這個世界的居民眾所周知的，艾莉絲女神的畫像完全一模一樣。

『是的。臨時才決定參賽，真的非常抱歉。』

艾莉絲這麼表示，握起雙手，輕輕低頭道歉。光是這樣，就讓主持人驚慌失措到非常明顯的地步。

『不不不不不不不會！別這麼說！快別這麼說！這這、這次承蒙您參加艾莉絲女神小姐選美大賽，真是感激不盡！』

從主持人不小心以「您」來稱呼對方這一點來看，他大概也隱隱約約察覺到站在眼前的少女是誰了吧。

不過，所有人都還無法抹滅心中「不可能吧」的想法。

原本安靜到連一根針掉到地上都聽得見的會場，瞬間像是暫停的時間開始流動似的，但是又沒有太過張揚地騷動了起來。

我身旁的埃癸斯一動也不動，吭也沒吭一聲。

終於，台上的主持人似乎整理好心情了，以隱約有點僵硬的動作將麥克風遞向艾莉絲。

『那那、那麼……由於我們對所有參賽佳麗都會問這些問題，先請您見諒……可以的話，我想要請教一下您的名字……』

戰戰兢兢地，同時又隱約帶著些許期待。

主持人這麼問了之後，艾莉絲露出足以讓看見的人全都不禁感嘆出聲的笑容說了。

『我的名字叫作艾莉絲。』

在那個瞬間，會場歡聲雷動。

有人發出瘋狂的吼叫，不斷大喊艾莉絲女神。

有人一臉恍惚，茫然地仰望艾莉絲。

有人握起雙手，誠心祈禱。

我們身邊有個疑似艾莉絲教徒的人甚至泣不成聲，跪在地上熱淚盈眶。

「這、這就是貨真價實的女神力量啊。喂，反應完全超出我的預期了耶。」

因為反響過於強烈而有點害怕的我，對僵在我身邊動也不動的埃癸斯這麼說。

這時，原本完全沒有一點動作的埃癸斯，終於開始微微顫抖。

『找到了……』

然後輕聲冒出這三個字。

『找到了。找到了————！我終於找到了！找到我的主人了！是怎樣！吶，那是怎樣！為什麼這個世界上存在著那種美少女啊！我不懂！我搞不懂啊————！』

「喂喂喂，你冷靜一點！鎧甲有個性那種東西原本就是一件很奇怪的事情，不過你現在已經整個角色性格崩壞了喔！」

在我安撫著陷入慌亂之中的埃癸斯時，主持人依然在台上繼續問問題。

『啊哇哇哇哇哇，非、非常感謝您！您願意回答真是讓我感激不盡！不好意思，其實還有兩個問題……』

主持人儘管漲紅著臉，還是帶著歉意，戰戰兢兢地問了。

還有兩個問題，是指年齡和職業吧。

艾莉絲嫣然一笑。

『那兩個是祕密。』

說完，她以惡作劇的表情閉上一隻眼睛，豎起食指。

再次響起的歡呼聲，甚至震盪了會場的空氣。

還有另外一個人……不，另外一個物體。

這裡也有個行動怪異，不停顫抖的自稱神器放聲大叫：

『不、不行不行——！艾莉絲女神，不需要再給更多好康了！在下埃癸斯，不能讓您擺出那種小惡魔姿勢！』

「你才快要不行了吧，從剛才開始根本就變了一個人！你實在太吵了，給我安靜一下，乖乖閉嘴，我等一下就介紹她給你認識！」

聽我這麼說，埃癸斯大幅抖動了一下。

『真的假的！真的嗎？你這個傢伙……不，您大爺願意介紹那位女神給我認識嗎？』

「對啦，我剛才不是說了嗎？我介紹一個極品美少女給你認識，你就要乖乖聽克莉絲的話。順便告訴你，台上那個就是艾莉絲女神，同時也是克莉絲。她本人都已經告訴過你好幾次她是女神了，結果你完全不相信。」

『Fuck！竟有此事，怎怎、怎麼辦，我該怎麼向艾莉絲女神道謝才好？吶，我讓你待在我裡面一個小時，你陪我一起道歉啦！』

老實說我並不想進去埃癸斯裡面，不過照這樣看來，他應該會乖乖聽艾莉絲的話吧。

看著從台上直線看著我們這邊，咯咯輕笑了幾聲的克莉絲。

「艾莉絲女神降臨啦————！」

聽見有人欣喜若狂地如此吶喊的我，對艾莉絲還以苦笑。

「——艾莉絲女神，請和我握手！最近我真的非常倒楣，還請幸運女神祝福我！」

不知道是誰這麼說。

或許是因為那個人的心情十分急切吧，儘管會場籠罩在噪音及狂熱之中，那個聲音依然特別響亮。

不知道是不是因為這句話，整個會場陷入一片寂靜。

……糟糕，這好像不太妙啊。

「我也要！艾莉絲女神，我也想要握手！」

「笨蛋，我先啦！」

「艾莉絲女神，我家裡還有嗷嗷待哺的小貓在等我回家，請保佑我在回家路上買彩券的時候可以中頭獎！」

觀眾們一臉被現場的狂熱沖昏了頭的樣子，試圖爬上舞台。

『各位請保持冷靜！請不要爬到舞台上來！』

主持人拚命勸阻那些群眾，但沒有任何人把他的話聽進去。

台上的艾莉絲儘管一臉困惑，還是誠摯地握了每一隻伸向她的手。

妳也太容易隨波逐流了吧，艾莉絲女神。這種時候就算斷然拒絕也不會怎樣啊。

「喂，我們去保護艾莉絲女神！」

「是、是啊，再這樣下去可不行！你看，甚至有笨蛋白目到握著艾莉絲女神的手不放了！」

原本待在我們附近的艾莉絲教徒一面如此大喊，一面往前衝了。

這個狀況確實不妙，感覺越來越像偶像的握手會，觀眾已經興奮到異常的程度了，這下隨時出現無禮之徒也不足為奇。

「喂，埃癸斯，來幫我的忙吧！再那樣下去，艾莉絲女神會被擠扁的！如果你想向艾莉絲女神道歉的話，就挺身保護她！」

『喔喔喔喔，這是什麼對鎧甲而言幸福至極的發展！我會保護她，我會超用力保護她！艾莉絲女神無瑕的肌膚和純潔，我聖鎧埃癸斯會死守到底！』

「不、不對，說什麼純不純潔的啊……也是啦，她對男女之間的的戀愛話題好像不太熟悉，所以你大概沒猜錯就是了……」

『艾莉絲女神可是女神耶，肯定是處女無誤！艾莉絲女神一定是不小心看見男人裸體的時候會驚叫一聲然後摀住臉的那種人。可是又有點興趣，所以會在摀住臉之後忍不住從指縫中偷看的那種人。既溫柔又暖心，而且身上一定也很香吧。』

這個傢伙是有多喜歡人家啊。

「喂，動作快！衝到台上之後你就把艾莉絲女神藏到自己體內！然後突破群眾的包圍！」

『太棒了──！沒想到我這麼快就可以和艾莉絲女神合而為一！艾、艾莉絲女神要進入我體內……呼……呼……』

「喂，你現在感覺是最危險的一個耶，沒問題嗎！別想那些了，先想辦法處理眼前的群眾吧，你不是全身凶器嗎！」

像是在回應我的話語，埃癸斯往混亂的群眾當中衝了進去。

『那當然了，找到了真正的主人，現在的我比會場上的任何人都還要炙熱！讓開讓開，碰到我可是會燙傷的喔！』

「好燙啊──！這個傢伙是怎樣，熱成這個樣子還穿全身鎧，根本是白痴吧！」

「喂，別推啊！你的鎧甲的鐵板被曬得……等等，別……好燙啊──！」

「誰對這個傢伙澆點水吧，澆水！」

對喔，這個傢伙在這種大熱天站了那麼久，鎧甲都被曬到發燙了。

趁大家逃離燒燙燙的埃癸斯身邊時，我穿越逃竄的群眾，全力衝到台上。

「和、和真先生！我、我該怎麼處理這陣騷動呢……」

依然誠摯地和觀眾握手的艾莉絲不知所措地這麼說。

「埃癸斯馬上就會來到這裡了，妳進去他體內然後逃到沒有人的地方去！……混帳，妳想握住艾莉絲女神的手到什麼時候，那麼想握手的話我來代替她跟你握！」

「啊啊，住手！我原本已經打算一輩子不洗手了說！」

我鎖定一個握著艾莉絲的手的觀眾，硬是和他握手，還弄哭他的時候，埃癸斯已經排開人群爬上台來了。

『讓您久等了，主人，請盡快進入我的體內吧！裝備我的關鍵字是「我要當埃癸斯的新娘！」—好，請說！』

「我、『我要當埃癸斯的……』」

「別被騙了，艾莉絲女神！你也真是的，現在不是鬧著玩的時候了！」

聽我這麼說，埃癸斯遺憾地聳了聳肩。

『那就沒辦法了喵……那麼我要開始了喔，主人！合──體！』

在說出關鍵字的同時，他發出耀眼的光芒。

由於光芒太過耀眼，包括距離最近的我在內，主持人以及會場上的觀眾都趕緊遮住眼睛。接著，再次看向艾莉絲的時候……！

「啊啊啊啊！好熱！好熱喔和真先生，再這樣下去我會被悶熟啊！」

穿上鎧甲的艾莉絲輕聲尖叫。

糟糕，這麼說來，這個傢伙現在非常燙！

我連忙對埃癸斯舉起右手。

「『Freeze』——！」

『但是魔法沒有生效。』

真是夠了，這麼說來，技能和魔法都對這個傢伙不管用！

「艾莉絲女神消失了！」

「艾莉絲女神上哪去了？」

「難道是回天界去了嗎？」

「不，是爬上台的那兩個人動了手腳！」

以為艾莉絲突然隨著閃光消失了，觀眾們紛紛指著我和埃癸斯，試圖爬到台上來。

「這個趨勢不太妙啊……喂，埃癸斯！我來吸引他們的注意，留在現場絆住他們，你帶著艾莉絲女神直接逃走吧！」

『包在我身上！還有，告訴努力的你一個好消息！艾莉絲女神果然很香！』

這個傢伙還有沒有藥救啊。

不，聽到這個好消息我是有點開心啦！

「和、和真先生！會場上的各位都殺氣騰騰的，應該很危險吧……！」

艾莉絲似乎沒有心思理會埃癸斯的閒扯了，在鎧甲裡面以含糊不清的聲音這麼說。

我對這樣的艾莉絲說：

「放心吧，對手都沒有武器，所以任何人都贏不了現在的我。」

沒錯，對手都是赤手空拳的話，有「Drain Touch」這個技能的我比較有利。

我對著試圖爬上舞台的群眾大喊：

「看你們這樣會不會冷靜一點！『Create Water』！」

同時，將大量的水往他們頭上一潑！

「哇啊！你這個傢伙！」

「竟敢動手！喂，幹掉這個傢伙！」

「那個傢伙叫和真，是個出了名的肉腳冒險者！幹掉他！」

被潑了水的群眾紛紛爬上舞台，衝到我身邊來。

這樣就成功吸引到他們的注意了。

艾莉絲似乎還在鎧甲裡面抵抗，讓埃癸斯無法逃跑，所以我對他們說：

「快走吧，頭目。快被抓到的時候，讓頭目逃走是部下的使命。」

「助、助手老弟……」

我背對依依不捨，仍然沒打算要動的埃癸斯。

「而且，今天是祭典的最後一天了！說到祭典就是攤商和煙火，而打架更是祭典的精髓！」

我握起拳頭，擺出架勢。

「放馬過來吧——————！」

「助手老弟——！」

大概是已經被埃癸斯帶走了吧，我聽著艾莉絲逐漸遠去的聲音從背後傳來，同時對群眾揮出拳頭——！

7

雙手抱胸，站得直挺挺的達克妮絲俯視著我，對我說：

「喂，幕後黑手。關於這次的事情，你有什麼要辯解的嗎？」

在選美比賽會場大打一架的我，後來被警察逮住，關進拘留所裡來了。

警察叫我暫時在裡面冷靜一下，所以明明是祭典的最後一天，我卻只能一個人寂寞地抱膝坐著，然而……

「喂。我很感謝妳救我出來，不過妳這樣對待我是怎麼回事？」

因為達克妮絲去關說而獲釋的我，才剛回到豪宅就被迫跪坐在大廳中央。

在這樣的我身邊，是同樣被迫跪坐的阿克婭，她抱著爵爾帝，帶著閃亮亮的眼神看著我。

看來這個傢伙也闖了什麼禍吧。

阿克婭這個眼神是怎樣，一副想說有人陪她一起挨罵了似的。

和我一樣因為達克妮絲的關說而獲釋的惠惠癱在沙發上，卻也一臉傻眼地看著我。

「還有妳叫我幕後黑手又是怎麼回事？我被警察逮捕之後到底發生了什麼事，快點說明清楚。」

我自認問心無愧，但是為了在談話的過程中必要的時候隨時能夠轉變為ＤＯＧＥＺＡ（下跪）的姿勢，而將雙手放在地毯上。

「我先問你一件事……聽說，你在找商店街的會長討論共同舉辦祭典的時候是這麼說的——鼓動阿克西斯教團和艾莉絲教團讓雙方對立，光是這樣就可以炒熱祭典的氣氛大賺一票，是吧。」

我以行雲流水般的動作擺出完美的ＤＯＧＥＺＡ。

看見我的反應，達克妮絲也沒有要閉嘴的樣子，繼續說了下去。

「而且聽阿克婭說，首先想到要和艾莉絲感謝祭共同舉辦的人不是她，而是你啊。然後商店街的會長也說了，顧攤小姐全部都要穿泳裝、變裝遊行那些不正經的企畫，也都是你提出來的……吶，顧問先生。這是會長拿來的東西。他說是這次的謝禮。」

看來是會長特地把謝禮拿到這裡來，才讓事情全都露餡了。

這麼說來，幾乎沒有人知道我和達克妮絲住在一個屋簷下一起生活呢。

怎麼辦，大家的視線都好冰冷。

如果假裝失智之類的，不知道能不能讓她們放我一馬呢？

「別那樣一臉歉疚的樣子嘛，和真。簡直就像是我們在霸凌你似的。算了，抽走祭典的營業額的一部分，是前任領主留下來的不良慣例嘛。所以你一點錯也沒有，儘管大大方方地收下也沒關係……拿去啊，你真的不收下嗎，顧問先生？」

達克妮絲刻意裝出擔心的表情，將裝有鉅款的袋子拿給我看。

別這樣好嗎，我寧可妳大罵我一頓還比較好。

「等一下啦，達克妮絲。比起這件事，還有別的事情更讓我好奇呢……和真。聽說你最近和各式各樣的女人走得很近呢。聽說你和一個打扮成夢魔的大姊姊一起喝酒喝到通宵啊？不，我並不是想說你這樣有什麼不對或是怎樣啦。因為，和真又沒有在和任何人交往不是嗎？」

這時惠惠又丟了一顆震撼彈。

「你、你這個傢伙這次還真是為所欲為啊……不，算了，以我的立場也沒資格抗議你什麼啦，我們也不是那種關係。可是，你之前才和我打得那麼火熱，這樣實在有點說不過去吧？」

等等，怎麼連達克妮絲都說出這種話來了。

這時，惠惠聽見這番話，猛然轉頭看向達克妮絲。

「等等，妳好像說了什麼讓我沒有辦法聽過就算了的事情！你們到底是什麼時候打得那麼火熱了？是怎樣？他不過是從領主手上把妳救了出來妳就自以為是公主啊？妳說打得火熱，到底是打得多火熱？竟然想趁著祭典的氣氛直接跳躍發展到肉體關係，根本就是賣淫嘛！」

「不不、不是……！沒有，我和他還沒有發生肉體關係……！」

「妳說還沒有？也就是說，妳有打算遲早要和他發生肉體關係囉，太淫穢了！」

惠惠揪著達克妮絲不放，達克妮絲放聲尖叫，而我不顧這樣的她們，對阿克婭說：

「吶，阿克婭，現在的我好像有點像後宮系的主角耶？」

「你這個人，明明被罰跪又挨罵為什麼還一副這麼高興的樣子啊？」

這時，不知道是聽見了我們的對話，還是為了躲避惠惠的追擊……

「對、對了，阿克婭！接下來換妳了！真是的，妳這次到底是有何居心啊！」

一頭亂髮的達克妮絲慌慌張張地這麼說。

「……達克妮絲，我們好好談吧。就連那個面具惡魔都說了，人類是懂得對話的種族。」

這麼說來，這個傢伙到底幹了什麼好事啊？

「說的對。我也覺得彼此溝通很重要。一開始就有好好溝通的話，根本就不會鬧出這種騷動來了。」

聽了跪坐在我身邊，將爵爾帝放在大腿上摟著的阿克婭說出前所未聞的理性話語，達克妮絲以淺顯易懂的敘述緩緩回答。

——仔細聽完，原來是這麼回事。

舉行艾莉絲女神小姐選美比賽的那一天。

因為最近的營業額之優秀而得意忘形的阿克西斯教徒為了徹底打垮艾莉絲教團，開始執行了阿克婭想出來的生意。

也就是賽西莉所說的，阿克婭的錦囊妙計。

學到「日本的生意會賺錢」這個多餘的知識之後，這個笨蛋著手進行了非常不得了的生意。

「不過，還真虧阿克婭能想到這種生意呢。第一個對這生意出手的人肯定可以大賺一票吧。以阿克婭想到的主意來說也太優秀了一點。」

惠惠佩服地這麼說。

這時，達克妮絲一副想說這種事情不重要的態度，蹲了下來。

「所以，這個叫什麼老鼠會的東西到底是誰教妳的？這種高難度的犯罪行為，不可能是阿克婭自己一個人想到的吧？」

說著，她把臉湊到阿克婭面前。

阿克婭把臉別開，指著某個人。

就是我。

「開什麼玩笑啊，不准把錯怪到別人身上！的確，很久以前，我還有負債的時候確實是說過『啊——債款根本還不完，乾脆來搞老鼠會好了』之類的話！我是說過這種話，也解釋過該怎麼搞啦！」

「果然是你！你這次到底要闖出多少禍來才甘心啊！」

「等一下，這不是我提出來的生意喔！這在我的國家是有名的犯罪手法……喂，阿克婭，妳明明也知道那是犯法的吧！不准假裝聽不見！」

沒錯，這白痴什麼不好搞，偏偏利用阿克西斯教徒們推廣起老鼠會來了。

她似乎是認為在法律還沒有地球那麼周全的異世界，只要敢搞老鼠會就贏了。

再加上祭典吸引客人的效果，那個系統立刻就擴散了開來，明明只過了一天，卻已經讓他們大賺了一票。

賺得太過頭了。

賺到一下子就被達克妮絲發現了。

原本乖乖聽訓的阿克婭，突然對著達克妮絲用力抬起頭。

「可是我也沒辦法啊，誰教艾莉絲那麼幼稚跑去參加那個什麼選美比賽，再那樣下去會被艾莉絲教團追過去嘛！而且，為了明年開始單獨舉辦阿克婭祭的準備也需要一大筆錢……！」

「這哪能拿來當作犯罪的藉口啊！再說追根究柢，一切都是因為阿克婭耍任性說要舉辦阿克西斯教團的祭典……」

「可是可是，什麼事情都只有艾莉絲的份太奸詐了！為什麼沒有我的祭典啊！為什麼大家不肯讚頌我啊！我也希望有人崇拜我、溺愛我啊！而且，老鼠會應該還不犯法吧！」

「的確，目前還不犯法，『目前』確實還不犯法！只是因為法律還沒有規範到新型態的詐騙罷了，這的確是件壞事！」

看著越吵越凶的兩人，我和惠惠相視苦笑。

「既然法律還沒有規範到，我的生意就還不是犯罪行為！所以快點把我賺到的錢還來！把用來辦明年的阿克婭祭的資金還來！」

「那些錢早就還給受害人了！要是妳再繼續耍任性的話，小心像惠惠還有和真那樣留下前科喔！」

「等、等一下，警察這次只有叫我待在拘留所裡冷靜一下而已，還沒有留下前科喔！」

「就、就是說啊，我也只有被嚴正警告而已！」

終章1

——為女神獻上感謝與祝福！——

在太陽已經完全西沉的時刻，我來到位於商業區的某個派對會場。

「和真你很慢耶，大家都已經開始喝了喔！快點，過來這邊吧！」

——這和後夜祭好像有點不太一樣。

比較像是在祭典最後一天舉行的慶功宴吧。

這裡是商店街包下來的會場，這次祭典的相關人員都聚集在這裡舉行宴會。

會場內以商店街的會長和幹部們為首，艾莉絲教徒和阿克西斯教徒也都在。

我在已經先來到這裡的阿克婭身邊坐下之後說：

「喂，把他們叫來同一個會場待在一起可以嗎，這樣就跟把女神和惡魔關在同一個籠子裡一樣吧？」

聽了我的譬喻，皺起眉頭，一臉嫌棄的阿克婭說了。

「等一下，幕後黑手尼特，無論如何，把艾莉絲教徒譬喻成惡魔也太可憐了吧。而且，這是祭典結束之後的慶功宴對吧？我們家的孩子們才不會在宴會上吵架呢。」

其實我想譬喻成惡魔的是阿克西斯教徒，不過算了。

正如阿克婭所說，會場內的阿克西斯教徒不但沒找艾莉絲教徒吵架或是找他們麻煩，反而搶先為他們斟酒，開心地嬉鬧著。

「難不成只要一直辦宴會，就可以讓你們一直和平共處下去了嗎？」

「總覺得你這樣好像有點瞧不起我們，不過大致上來說沒錯。順道一提，這也適用在我身上喔！如果你想要我乖乖聽話，就每天都給我喝昂貴的好酒。」

「妳終於承認自己是搞出麻煩的原因之一了是吧。」

會場裡到處都有我認識的熟面孔。

那個名叫賽西莉的祭司用因為喝醉酒而發紅的臉頰磨蹭著艾莉絲教徒女孩，以及大概是以商店街一員的身分前來參加，不知為何還帶著芸芸的巴尼爾，和維茲一起吃吃喝喝。

然後……

「達克妮絲，多喝點多喝點！惠惠也是！」

「妳為什麼每次到了喝酒的場合就會那麼亢奮啊，夠、夠了，我喝就是了，別叫惠惠喝！我連惠惠的份一起喝就是了！」

「達克妮絲，我已經不是小孩子了，這種時候就讓我喝酒吧！我的年紀都已經可以結婚了！啊，你很慢耶和真，你也幫我說句話吧！我跟和真只差兩歲，應該沒差那麼多才對吧！」

還有紅著臉糾纏達克妮絲和惠惠的克莉絲。

女神是不是都很喜歡宴會啊？

「妳還不可以喝酒啦。而且，惠惠和我的年齡差距又變成三歲了。實不相瞞，今天是我的生日！」

沒錯，今天是我來到這個世界之後的第一個生日。

自己說出生日其實有點丟臉，不過難得過生日，我希望大家也能為我慶祝。

我帶著些許的期待看向阿克婭。

「是喔，生日快樂。那麼，和真，送個禮物給我吧。」

然後立刻就聽到這樣的祝賀之詞……

「……禮物？咦，妳說什麼？為什麼我得送妳禮物啊？」

我如此反問，阿克婭便傻眼地搖了搖頭。

「對喔，和真是不知道這個國家的習俗的呆瓜。好吧，我告訴你，這個國家認為壽星是託了大家的福才能夠平安度過一年，所以壽星要在生日的這一天心懷感謝，送禮物給平日照

顧自己的人們。」

真的假的，這個世界到底還能多爛啊。

不過也對，這個世界有怪物，平均壽命感覺也很短，會有這種習俗也……

「沒有那種習俗啦。和真，生日快樂。回家以後，我再送你很棒的禮物好了。」

在惠惠這麼說的同時，我一把抓住阿克婭。

「混帳，竟然給我扯那種難辨真假的謊話，妳這個生日不明年齡不詳的老太婆！給我說說看妳的生日和年齡啊，快說！」

「哇啊啊啊啊啊！和真又說了那種不該說的話！小心我真的讓你遭天譴喔！」

就在我和阿克婭互相掐著對方的脖子時，隔著手帕拿著酒杯的達克妮絲開了口：

「和真，生日快樂。回家以後，我也會送個什麼禮物給你。抱歉，早點知道的話我就會事先準備好了。」

「喔，謝啦。說的也是，我應該事先告訴大家才對。惠惠的生日也在不知道的狀況下過去了，下次也要好好幫她慶祝才行。這麼說來，達克妮絲的生日是什麼時候？妳好歹也是貴族，一定會辦個盛大的派對吧？」

被我這麼一問，她的舉動突然變得很奇怪。

「咦？我、我的生日嗎？……這、這個嘛，是在……就是……」

這時，克莉絲不以為意地對眼神飄忽不定的達克妮絲說：

「達克妮絲的生日早就過了啊，春天的時候已經辦過一個超大型的生日派對了不是嗎？這麼說來，助手老弟和其他人那個時候怎麼都沒來啊？」

達克妮絲聽完抖了一下，而我也瞬間想通了。

「妳這個傢伙是不是覺得叫我們去準沒好事，所以故意不邀請我們參加派對！妳覺得我們面對其他貴族的時候會闖禍對吧！」

「是這樣嗎？太過分了！這麼說來，達克妮絲在那個叫愛麗絲的孩子說要表揚我們的時候，也勸我們婉拒！」

「好好教訓她一頓！大家今天一起教訓這個自以為是的大小姐吧！」

我看著被阿克婭和惠惠夾攻而淚眼汪汪的達克妮絲，這時同樣帶著苦笑看著這一幕的克莉絲用力拉了拉我的衣袖，示意要我和她一起離席。

「——這次真的好辛苦……真是的，我聽達克妮絲說了喔！你好像是這一切的元凶啊？」

溜出會場之後，我們在附近閒晃，任夜風冷卻我們因為酒精而發燙的臉頰時，克莉絲忽然帶著有點鬧彆扭的語氣這麼說。

在請艾莉絲自己參加了以自己為名的選美比賽之後——

女神降臨似乎是非常重大的事件，眾人利用魔法、信鴿、快馬等各種手段，將這個消息大肆擴散到附近的城鎮和王都去。

商店街的會長告訴我，阿克塞爾這個地方今後將以女神降臨的城鎮的定位，成為艾莉絲教徒們的聖地。

「這、這個我真的很抱歉，今後我也會協助妳找神器就是了，饒了我吧……不過商店街的幹部們也說了，既然發生過這樣的事情，就算他們死了也要把艾莉絲女神感謝祭一直辦下去才行。」

克莉絲聽了似乎頗為開心，抿嘴一笑。

「這樣啊……那麼，這次就看在你那個時候和埃癸斯一起上台救了我的分上，原諒你好了！」

「謝謝女神大人，我由衷感謝您！」

我們以戲謔的口吻對彼此這麼說，走在依然留有祭典熱度的鎮上。

後來，埃癸斯順利離開了選美會場，現在好像很乖，很聽克莉絲的話。

克莉絲好像打算在近期內幫埃癸斯找到主人，賜給對方作為對付魔王軍的王牌。

埃癸斯似乎希望主人是劍術大師，克莉絲也想盡可能實現他的願望。

如此一來，這次尋找神器的工作，以及艾莉絲教團和阿克西斯教團之間的爭執，總算可以說是順利結束了。

不過，這次讓我重新體認到，真正的女神的影響力果然很驚人。

畢竟，光是像這樣走在路上……

「唉……艾莉絲女神不知道是不是還待在這個鎮上的哪個地方。從第一次看到她的畫像，我的心裡就一直都是她……」

「就算還在，也不會出現在你這個滿心邪念的傢伙面前啦。總有一天，女神一定會出現在我這種虔誠的艾莉絲教徒面前吧。」

「你也是滿心邪念吧？你那麼匆匆忙忙地來到這個城鎮，為了利用瞬間移動服務甚至還動用了準備和女朋友結婚的資金對吧？」

「笨蛋，我是為了請艾莉絲女神祝福我們的結婚而來，我的女朋友也答應了好嗎！」

我們就碰見兩個男人已經在大聊艾莉絲的話題了。

和他們兩個擦身而過之後，我說：

「……他們這麼說耶，艾莉絲女神。要不要去祝福他們一下啊？」

「我不是艾莉絲女神，是克莉斯頭目喔，助手老弟。現在的我能夠辦到的事情，頂多只有去你家偷寶物貼補那個人用掉的結婚資金罷了。」

如此你來我往之後，我們不約而同地笑了出來。

這時，大概是因為只顧著笑而突然停下了腳步吧，有人從背後撞上了克莉絲。

撞上她的是一對小姊妹，兩人手上都拿著漂亮的花朵。

「對、對不起！」

「對不起！」

小姊妹連忙對克莉絲道歉。

「該道歉的是我，我不應該突然停下來的！妳們還好嗎？有沒有跌倒？」

說著，克莉絲也低頭道歉。

姊妹當中比較小的那一個原本拿在手上的花，掉到地面上了。

克莉絲連忙撿起花。

「對、對不起！害妳讓這麼漂亮的克莉絲掉到地上！」

說完，她將紫色的花遞給那個女孩。

「克莉絲？……該不會是那種花的名字吧？」

看著克莉絲還給小女孩的花朵，我不經意地這麼說。

「是啊。這種花叫克莉絲，聽說花語是不放棄的精神。」

聽克莉絲這麼說，比較大的女孩佩服地說：

「這樣啊——吶，妳臉上的傷疤是怎麼來的？有傷疤的話，你就是冒險者吧？爸爸說冒險者都很粗野，可是粗野的人怎麼對花這麼清楚啊？」

小孩子特有的問題攻勢，讓克莉絲傷透腦筋。

克莉絲抓了抓臉上的傷疤。

「這個嘛……這個疤痕是我在和魔王軍的壞蛋戰鬥的時候受的傷。還有，我的確是冒險者，可是冒險者裡面也有沒那麼粗野的人喔。就像那個大哥哥一樣。」

說完，她看著我咯咯笑了幾聲。

「而且我知道的，就只有那種花而已。你看，這種花的顏色是不是和我的眼睛一樣？所以，我最喜歡這種叫作克莉絲的花了。」

克莉絲配合兩個小女孩的視線高度蹲了下去，並且把臉湊到花朵旁聞了香味。

「這樣啊。這些花是要獻給艾莉絲女神的。是我和姊姊把零用錢湊在一起，兩個人一起去買回來的。」

「嗯，聽說艾莉絲女神也很喜歡這種花！」

「是喔……你們怎麼會知道艾莉絲女神喜歡什麼啊，好棒喔！不過，像妳們這麼小的小孩子還用那麼重要的零用錢買東西供奉艾莉絲女神，艾莉絲女神高興歸高興，一定也會有點傷腦筋吧。所以，如果妳們只供奉這一次的話，艾莉絲女神一定會更開心喔。」

克莉絲有點傷腦筋地這麼說，同時溫柔地摸了摸她們兩個的頭。

「這樣啊……可是，我們想對艾莉絲女神道謝。」

「……道謝？」

小姊妹對歪頭不解的克莉絲說：

「嗯，道謝。媽媽告訴我們，我們之所以能夠過著和平的生活，是因為艾莉絲女神給了我們各式各樣的力量，我們才能抵抗邪惡的魔王。」

「還有，是因為艾莉絲女神在大家都不知道的地方很努力的關係。所以我們要向艾莉絲女神道謝，為她加油。」

聽了這番話……

「這、這樣啊……可是，今後就算沒有供品，只要有妳們這番心意，艾莉絲女神就會很開心了。艾莉絲女神才想向妳們道謝呢，謝謝妳們的鼓勵。」

克莉絲這麼說，一臉有點傷腦筋的樣子。

同時臉上又隱約有種得到救贖的感覺，難為情地抓了抓臉頰。

看著這樣的艾莉絲，妹妹說：

「……這麼說來，你的眼睛的顏色和頭髮的顏色好像艾莉絲女神喔。」

小孩子意外地敏銳呢。

姊姊也盯著有點慌張的克莉絲的髮色看。

……她們應該沒有察覺到克莉絲的真實身分才對。

應該只是小孩子想到什麼就說什麼的特質吧。

不知道是想到了什麼，姊姊將手上的花輕輕遞給了克莉絲。

「我們還有妹妹的花可以供奉，所以這朵給你。謝謝你一直打倒怪物，保護我們，冒險者。」

「謝謝你！」

說完，把花塞給克莉絲之後，兩名少女露出笑容。

「啊、啊哈哈，哎、哎呀——敗給妳們了。我、我才要謝謝妳們呢……！」

意外從少女們手上得到禮物的克莉絲，儘管滿臉通紅，眼角微微泛出淚光，還是勉強對她們回以害羞的笑容。

看見她的笑容，兩名少女也露出笑容，向前跑了出去。

「那再見了喔，大哥哥！掰掰——！」

「掰掰——！」

「奇怪？妳們等一下！我不是大哥哥，我是大姊姊啦！」

面對臨別之際又一次的意外之舉，克莉絲這次眼角泛出不同心情的淚光，對少女們大喊。

「吶。難不成，克莉絲這個名字的由來是……」

克莉絲把臉湊到剛才收到的花附近，閉上眼睛聞著花香。

「嗯，就是從這種花取的。」

說著，她目送著兩名少女的背影，看起來很幸福的樣子。

「……原來不是本名叫艾莉絲化名就叫克莉絲，隨便改了一個字亂取的名字啊。」

「你到底把我當成怎樣的人了啊？」

把手上的花湊在鼻尖上的克莉絲瞪著我看。

「這個嘛……我覺得，妳是獨自一直暗中努力不為人知的，我唯一能夠尊敬的人。」

「……是、是喔。這樣啊，那麼……嗯，既然是這樣就算了。」

克莉絲別過頭去，加快腳步，準備回會場。

「哎呀，妳害羞了啊？妳在害羞對吧，頭目？」

「吵死了，吵死了助手老弟，你可以閉嘴一下嗎？」

「妳背對著我我還是看得出來喔，妳連耳朵都紅透了。艾莉絲女神果然很可愛，妳願意和我結婚嗎？」

「吵死了，吵死了和真先生。你再繼續調侃女神的話，我真的會對你執行天譴喔。還有，請不要隨便便說那種話，小心我之後向達克妮絲和惠惠小姐告狀，說和真先生向我求婚喔。」

完全沒有轉頭看我，越走越快的克莉絲。

這樣的克莉絲依然沒有轉向我，帶著通紅的臉色不開心地說：

「吶，助手老弟。」

「什麼事？」

快步走著的她，像是在對待重要的寶物似的，緊緊抱著剛才收到的花說：

「……謝謝你為我做的這一切。」

平日的努力因為兩個小小信徒的話而得到回報的女神，滿載各種心情輕聲地這麼說道。

我追趕著這個讓人無從恨起，又讓人忍不住想調侃的朋友。

想到這場充滿麻煩又吵鬧不已的祭典已然結束，心中感到有些寂寞——

終章2

──在祭典結束之後──

事情發生在祭典結束之後，鎮上也完全恢復了平靜的某一天。

我躺在大廳的沙發上，一直戳著坐在存在感十足的巴尼爾殼懷裡的那顆黃色毛球時，阿克婭興高采烈地跑過來對我說：

「和真，我拿了賽西莉發的感謝狀回來。『這次，阿克西斯教團阿克塞爾分部順利蓋起了華麗的教堂。而且明年開始的祭典，也因為艾莉絲教團的善意，順利固定為共同舉辦的形式。一切的一切，都是託了捐獻大筆款項的佐藤先生的福。因此，我在此擅自認定你為名譽阿克西斯教徒』……」

「喔啊啊啊啊啊！」

「哇啊啊啊啊啊啊——！」

我不由分說地撕破了阿克婭正在朗讀的感謝狀。

「太過分了太過分了！我的教團的孩子拚命製作的感謝狀到底是哪裡讓你不喜歡了，幹嘛這樣子啊，你這個蠢呆笨尼特！」

「從頭到尾都不喜歡啦！為什麼我得變成妳的信徒啊！這完全是懲罰遊戲吧！」

最後，我把身為顧問賺到的報酬給了阿克婭。

該怎麼說呢，聽到阿克婭不只把對付多頭水蛇的時候得到的錢砸下去，就連自己一點一點存下來的錢也拿去充當舉辦祭典的資金，實在是讓我因為罪惡感而心痛不已。

我也協助他們改建了那間破破爛爛的小教堂，原本想說這樣就可以抵銷我這次身為幕後黑手的罪過……

「哼哼，和真還真是傲嬌啊。這也是傲嬌的反面表現對吧？賽西莉說過，『和真先生的傲嬌成分偏多，要是聽見他說討厭妳的話就要當作他是在說反話』這樣。」

「我討厭那個女人，還有妳。」

「……為什麼呢？這樣一點也沒有傲嬌那種可愛的感覺啊。」

阿克婭在我的對面坐了下來，歪著頭說：

「這麼說來，和真，我有件事情想問你。我只有聽說艾莉絲出現在選美比賽上，你知道她後來上哪去了嗎？那個孩子真是的，難得下凡卻沒有來找我打招呼。身為前輩，這個時候得好好說她一頓才行。」

這個傢伙給艾莉絲添了那麼多麻煩還敢以前輩的身分自居，就某種角度來說還真是厲害啊……如此感到佩服的我從沙發上起身，然後將黏著巴尼爾殼的爵爾帝拎了起來。

我原本還想說所有的事情都已經解決了，結果還剩下該怎麼處置這個傢伙的問題。只有魔力特別多的這隻小雞，有沒有什麼方法可以妥善運用呢？

「喂，你對爵爾帝那麼粗魯的話，隨時有可能遭報應喔！要是爵爾帝長大了開始攻擊和真，我也不會阻止牠。」

「好，那就趁現在牠還沒長大解決掉牠好了。」

「……放心啦，爵爾帝是個心胸寬大又溫柔的孩子，你不用那麼怕牠啦……爵爾帝，過來我這邊。那個人和三丁目的肉店大叔一樣可怕，你要小心喔。」

肉店大叔是誰啦。

我把爵爾帝放回充滿存在感的巴尼爾殼懷裡，無所事事地躺在沙發上滾動。

「呼……工作終於做完了……艾莉絲女神降臨固然是是一件值得慶賀的事情，但是鎮上突然增加了這麼多人還真是令人無奈……」

達克妮絲一邊揉著太陽穴一邊回到家裡來，看來她一直處理代理領主的工作到現在。

「辛苦啦。領主的工作好像很辛苦呢。因為艾莉絲女神降臨事件讓來自許多城鎮的旅客都變多了嘛。不過，這也讓景氣變好了，總是好事一樁啊。」

「人變多了確實是值得高興……反正，在這次祭典的期間內，家父的身體狀況也已經完全復原了。煩人的領主工作也到今天為止，接下來就不需要顧慮什麼，可以放心出任務了。」

說著，達克妮絲露出卸下重擔的表情。

「咦？妳在說什麼啊，這次我真的不會再工作了喔！因為我已經沒有工作的理由了。如果是活用料理技能，開一間充滿可愛店員的餐飲店兼顧興趣和實際利益的話到還可以試試看，如果是出任務的話就免了。對吧，阿克婭？」

「是啊。短期之內我得先顧好爵爾帝的教育才行，所以我也不太想出任務。和真給我的錢已經花在改建教堂、明年的祭典資金、喝酒聚會的帳單之類的地方了，不過今後我要用和真的錢過著只顧玩樂的輕鬆生活。我也不想出那些危險的任務了。沒錯，我只想一直窩在豪宅裡打滾，然後在一年一度的祭典上受到大家敬拜，這樣的生活最好了。」

阿克婭也對我的發言表示贊同……

「……喂，等一下，為什麼我還得養妳啊，餐費之類的我還可以考慮一下，自己的零用錢要自己賺喔……還有，妳已經把我給妳的錢全都花完了嗎？」

「花完了啊。不過零用錢的部分你不用擔心，我還有第二個、第三個賺錢的主意呢。」

……

「辦祭典的時候明明還那麼有活力，你們這兩個傢伙真的是……應該說，阿克婭，妳在想的到底是怎樣的生意？著手執行之前一定要先告訴我喔！」

「不要。」

…………達克妮絲終於開始訓話，而阿克婭則是搗起耳朵不當一回事。

望著這樣的她們，我把爵爾帝放在手掌上一直摸。這時，原本待在二樓的惠惠，穿著一身洋裝下樓來了。

看見她們兩個像平常一樣吵鬧，惠惠瞬間露出開心的微笑，然後在我身邊坐了下來。

「難得的祭典，卻沒有發生什麼特別值得一提的開心事件，感覺就在一陣忙亂當中結束了呢。不過，這樣確實是很有我們的風格就是了。」

「就是說啊。說到祭典，應該更雀躍、更熱鬧、更開心，也應該有點氣氛才對，為何會悲慘到得靠煙火大會來對付怪物啊。真希望可以再稍微延長一點，至少辦個正常一點的煙火大會吧。」

想到我們原本因為煙火大會差點就要有所進展了，我不禁帶著明顯不滿的口氣閒扯。

對於這樣的我，惠惠輕輕笑了一下。

「……這麼說來，和真之前才剛過生日呢。我得送個生日禮物給你才行。」

「不用那麼多禮啦。不過，我是有點好奇妳想送我什麼。妳不會像阿克婭那樣，說要送我奇形怪狀的石頭吧？」

我如此調侃惠惠，而她忽然把臉湊到我的耳邊，輕聲說道：

「今晚來我的房間好嗎？我有重要的事情要告訴你。」

後記

我是手肘碰得到下巴的小說家，暁なつめ。

感謝各位這次購買了第八集！

偶爾也需要有一集讓大家喘口氣，所以第八集偏重荒誕搞笑，整體而言比較輕鬆詼諧。

覺得終於變得比較像是正統派後宮輕小說而感到興奮的讀者請注意，話說在前頭，畢竟是這部作品，請不要過度期待。

或許正值桃花期高峰的主角某天會突然被隕石粉身碎骨，下一集開始變成主角最強後宮小說《魔劍勇者玉劍》，或是《最強惡魔傳說巴尼爾彌特》的故事，也請勿見怪。

然後，雖然不是最強惡魔傳說，不過我在THE SNEAKER WEB網站上刊載了外傳《找面具惡魔指點迷津！》，各位有興趣的話不妨參考看看。

——幾天前，我去了動畫版的錄音現場鬧場……我是說參觀。

錄音現場到處都有很多讓人忍不住想擅自亂玩的器材，讓我一直心癢難耐，不過原則上我應該算是有乖乖待著沒有妨礙到大家才對。

話說回來，錄音現場好棒啊，超厲害。

有辦法做出各種強人所難的指示，讓人覺得這是在玩弄聲優吧的人們超厲害。

還有面對強人所難的指示，在困惑之餘還是能夠確實做到的聲優們也超厲害。

為什麼叫知名聲優來配這種角色的奢侈浪費感也超厲害。

就像這樣，除了已經發表的陣容以外，也還有各式各樣的聲優參與，敬請期待！

然後，為了紀念動畫化，好像要舉辦簽名會。

因為我的字很醜，也不擅長待人接物，原本想裝死或是逃回鄉下去，但是工作人員都已經搬出「為了一直以來支持老師的讀者」這種大招來了，所以目前正在努力練習簽名。

——那麼，這一集也要感謝三嶋くろね老師，以及以S責編為首的各位工作人員，才能夠順利出版。

同時最重要的，更要深深感謝所有拿起這本書的讀者！

曉 なつめ

ATOGAKI
不知道變裝
有沒有穿幫啊…
2015.

NEXT
反正這種事情一天到晚發生，
也沒什麼好期待的啦。
你就那麼不願意
期待一下嗎？
……要我稍微期待一下也是可以啦。
你只願意稍微期待一下嗎？
……
……我想把一直埋藏在
內心深處的事情說出來。
為美好的世界獻上祝福！9
……不可以期待，
不可以期待，
不可以期待……
（碎唸碎唸）
COMING SOON!!
為美好的世界獻上祝福！外傳
找面具惡魔指點迷津！
這本也是COMING SOON!!

國家圖書館出版品預行編目資料

為美好的世界獻上祝福!. 8, 阿克西斯教團 VS.艾莉絲教團 / 暁なつめ作 ; kazano譯.
-- 初版. -- 臺北市 : 臺灣角川, 2016.09
面 ; 公分
譯自 : この素晴らしい世界に祝福を!. 8, アクシズ教団VSエリス教団
ISBN 978-986-473-291-3(平裝)

861.57 105014292

Kadokawa
Fantastic
Novels

為美好的世界獻上祝福！ 8
阿克西斯教團VS.艾莉絲教團

（原著名：この素晴らしい世界に祝福を！8 アクシズ教団VSエリス教団）

2016年9月22日 初版第1刷發行
2023年9月22日 初版第12刷發行

作　者：暁なつめ
插　畫：三嶋くろね
譯　者：kazano

發行人：岩崎剛人
總編輯：蔡佩芬
副主編：楊鎮遠
設計指導：陳晞叡
印　務：李明修（主任）、張加恩（主任）、張凱棋

發行所：台灣角川股份有限公司
地　址：104台北市中山區松江路223號3樓
電　話：（02）2515-3000
傳　真：（02）2515-0033
網　址：www.kadokawa.com.tw
劃撥帳戶：台灣角川股份有限公司
劃撥帳號：19487412
法律顧問：有澤法律事務所
製　版：尚騰印刷事業有限公司
ISBN：978-986-473-291-3